গল্প
কথা বলে

গল্প কথা বলে

লেখক ঃ
সূর্য সিন্‌হা
মানব প্রশিক্ষক এবং প্রেরক

ডায়মণ্ড বুক্স

I.S.B.N. : 978-81-288-3608-4

প্রকাশক ঃ ডায়মণ্ড বুক্স (প্রা.) লিমিটেড
X - 30, ওখলা ইণ্ডাস্ট্রিয়াল এরিয়া, ফেজ - II
নূতন দিল্লী - 110 020
ফোন ঃ 011 - 41611861
ফ্যাক্স ঃ 011 - 41611861
ই-মেল ঃ sales@dpb.in
ওয়েবসাইট ঃ www.dpb.com
সংস্করণ ঃ 2018
বঙ্গানুবাদ ঃ সুমনা চক্রবর্তী
সম্পাদনা ঃ সমীর দে
লেজার টাইপসেটিং ঃ ল্যাঙ্গুয়েজট্রন
মুদ্রক ঃ আদর্শ প্রিন্টার্স, শাহদরা, দিল্লী - 110 032

GALPO KATHA BOLE (BENGALI)
By: Surya Sinha

এই পুস্তক

মা বৈষ্ণব দেবীর

চরণে সমর্পন করলাম,

আমার প্রতি ওনার অগাদ

কৃপা আছে।

কৃতজ্ঞতা স্বীকার ঃ

প্রিয় পাঠক বর্গ ঃ

আমার এই বই আপনাদের কাছে পৌঁছানোর পিছনে, আমার যে সমস্ত শুভচিন্তক, হিতৈষি, বন্ধুদের সহযোগিতা আছে, আমি তাদেরকে মন থেকে কৃতজ্ঞতা জানাতে চাইঃ

- মায়ের দয়া, বাবার আশীর্ব্বাদ, ছোট বোন **আরতির** ভালোবাসা, ও স্নেহ, আমাকে সর্বদা এগিয়ে যাওয়ার জন্য উৎসাহ জুগিয়ে গেছে।
- আমি **শ্রীমতি বীনা আগ্রেওয়াল, রবি চৌহান** এবং **দীপক ধওনের** প্রতি কৃতজ্ঞতা ব্যক্ত করতে চাই, ওনারা আমাকে প্রতিটি কাজে যথোচিত সহযোগিতা করেছেন এবং এখনও সহযোগিতা করে চলেছেন।
- মলাটে অসামান্য ফটোগ্রাফির জন্য আমি **শ্রী যশবন্ত কুমার মহাজন** এবং **ভিনর্জ ট্র্যাকের** সমস্ত সদস্যকে মন থেকে কৃতজ্ঞতা জানাচ্ছি।
- যাঁদের নাম এই পুস্তকে দিতে পাচ্ছিনা, কিন্তু যাঁরা আমাকে এগিয়ে চলার জন্য সামান্য সহযোগিতাও করেছেন তাঁদের সকলকে আমি মতন থেকে কৃতজ্ঞতা জানাচ্ছি, এবং ভবিষ্যৎ-এ তাঁদের প্রত্যেকের কাছ থেকে এমনই সহযোগিতা আশা করি।

– সূর্য সিন্হা

আমার মনের কথা

আপনি হয়তো জীবনে বহু গল্প পড়েছেন, শুনেছেন বা শুনিয়েছেন। গল্প মানেই তা হয় পড়া হবে, নয় শোনা হবে না হলে শোনানো হবে, বা তা এটাই গল্পের নিয়তি। গল্প সম্পর্কে এর চেয়ে বেশী কেউ ভাবতেই পারেনা, কিন্তু আমি গল্পের আর একটা দিক উদ্ঘাটন করতে সক্ষম হয়েছি, তা হল গল্প বহু কিছু বলে দেয়। শুধুমাত্র শোনার বা বোঝার মতন মন ও মানসিকতা চাই।

আজ্ঞে হ্যাঁ বন্ধু, **'গল্প কথা বলে'** শুধু আমাকে পড়লে বা শুনলেই হবে না, আমার অব্যক্ত কথা গুলি শোনার চেস্টা কর, বোঝার চেস্টা কর আমি কি বলতে চাই।

হ্যাঁ, এটা ঠিক যে গল্প আমাদের মনোরঞ্জন করে, কিন্তু এই মনোরঞ্জনের সাথে-সাথে গল্প আমাদের বহু শিক্ষা দেয়, আর এটা আমি তখন বুঝতে পেরেছিলাম, যখন আমি গল্পের কণ্ঠধ্বনি শুনতে পেয়েছিলাম। তার মর্ম উদ্ঘাটন করতে পেরেছিলাম এবং তারপর তা নিজের জীবনে আত্মসাৎ করতে সক্ষম হয়েছি।

আপনি শুনলে হয়তো একটু অবাকই হবেন যে, হতাশার সময় এই গল্পই আমাকে পথ দেখিয়েছিল, নতুন সম্পর্ক তৈরী করতে সাহায্য করেছিল, একটা নতুন দৃষ্টিভঙ্গী প্রদান করেছিল, বর্তমানে

তার জোড়েই আমি এক সফল লেখক এবং মানব প্রশিক্ষক রূপে নিজেকে প্রতিষ্ঠিত করতে পেরেছি।

এই গল্পগুলো আমাকে নতুন পথের সন্ধান দিয়েছে, জীবনকে নতুন রূপ দিয়েছে, তা স্বীকার করতে আমি একটুও সংকোচবোধ করিনা।

এই গল্পগুলেরা থেকে আমি নতুন আশা, নতুন প্রত্যাশা, জ্ঞান, নতুন দৃষ্টিভঙ্গী, সাহস, শক্তি, এবং ভরপুর আত্মবিশ্বাস...প্রভৃতি সবই পেরেছি। কিন্তু এই সব তখনি সম্ভব হয়েছে, যখন আমি তার আওয়াজ শুনতে পেয়েছিলাম।

এই গল্পগুলির থেকে আমি যখন চরম হতাশার মধ্যেও অতটা শক্তি লাভ করতে সক্ষম হয়েছি, তাহলে অন্যান্য হতাশ ব্যক্তিরা কিভাবে এই গল্পের থেকে নবজীবন লাভ করতে পারে, তা জানানোর জন্য এক প্রবল ইচ্ছা তৈরী হয়, আমার মতন অন্যদেরও আমি এই সুযোগ দিতে চাই।

'সর্বজনের হিত, সর্বজনের সুখ'-এর কথা ভেবেই আমি এই বই লেখার কথা ভাবি, ফলে উন্নতমানের, শিক্ষামূলক, প্রেরণাদায়ক বিভিন্ন গল্পের সমাক্ষরে পাঠকবর্গের জন্য এই ফুলের গুচছ প্রস্তুত করেছি।

বন্ধু, আমি বলছি না, যে এই গল্পগুলি আপনি প্রথম বার পড়ছেন। হয়তো আপনি দশবার এই গল্প পড়েছেন বা শুনেছেন, কিন্তু তার ভেতরে যে বার্তা লুকিয়ে আছে আপনি হয়তো তা গ্রহণ করতে পারেননি, যা মানুষের জীবন বদলে দিতে পারে।

এই না বলা না বোঝা কথা গুলিকেই আমি এই বইতে বিশেষ

রূপে সবল শব্দেও রোমাঞ্চকর স্টাইলে প্রস্তুত করার চেস্টা করেছি। আমি বিশ্বাস করি যে, যে কোনএকটা গল্প আপনার জীবনের পথ বদলে দিতে পারে এবং আপনি নিজেই এই গল্পগুলির শক্তি সম্পর্কে অনুভব করতে পারবেন।

সর্বদাই আপনাদের চিঠির অপেক্ষা করি–

আপনাদের একান্ত

সূর্য সিন্‌হা

সূচীপূত্র

কোন একটা বইয়ের কোন 'একটা বাক্য' আপনার জীবন বদলে দিতে পারে তাই সময় পেলেই ভালো-ভালো বই পড়ুন, তানা হলে হয়তো ভবিষ্যৎ-এ পড়ার সুযোগই পাবেন না।

বইকে নিজের প্রকৃত সঙ্গী করে তুলুন আর উপহার দেওয়ার সময়, নিজের বন্ধুদের, বাচ্চাদের শুভচিন্তক এবং আত্মীয়দের বইই উপহার দিন, এই পৃথিবীতে বইয়ের থেকে বড় আর কোন উপহার নেই।

অধ্যয়ণের চমৎকারিত্ব

জীবনে পড়াশোনার গুরুত্ব কতটা, এই প্রশ্ন সেই বাচ্চাকে জিজ্ঞাসা করা উচিত, যার মধ্যে আছে পড়াশোনা করার প্রবল আকাঙ্খা কিন্তু অর্থের অভাবের ফলে তার বাবা তাকে পড়াতে পাচেছনা। সে স্কুল ড্রেস পরা বাচ্চাদের দেখে, নিজের মনকে বলে যদি আমিও স্কুলে যেতে পারতাম, পড়তে পারতাম আর যদি পড়াশোনা করে আমি নিজের জীবনটাকে সুন্দর করে তুলতে পারতাম।

পৃথিবীতে এমন বাচ্চার অভাব নেই, আগেও ছিল, এখনও নেই, আসলে কথাতেই আছে পাঁকেই পদ্ম জন্মায়। যার ভেতরে পড়ার উৎকণ্ঠা আছে, যার ভেতরে জানার পিপাসা আছে, সে পড়াশোনা করার জন্য কোন না কোন পথ অবশ্যই খুঁজে নেয়, তাতে পরিস্থিতি যত শোচনিয়ই হোক না কেন।

এমন এক বাচ্চা হল—ইয়িহব্রেট।

তাদের কাছে কোন উপায় ছিল না। তার বাবা তাকে এক কামারশালায় পাঠিয়ে দেয় কাজ করার জন্য। সে খুব বেশী পড়াশোনা করতে পারেনি, কিন্তু কামারের অগ্নিকুণ্ডে যেমন আগুন ধিক্-ধিক্ করে জ্বলত, তেমনিই পড়াশোনা করার জন্যও তার মনে আগুন প্রজ্বলিত থাকত।

সারাদিন হাতুরি পিটিয়ে অগ্নিকুণ্ডের আগুনে সেঁকার পরেও তার পড়ার খিদে, মানসিক খিদে শান্ত হতে না। তার ব্যাগে সর্বদাই কোন

না কোন বই থাকত। রাতে যখন সবাই ক্লান্ত হয়ে শুয়ে পড়ত, তখনই সে একটু বই পড়ার সময় পেত। দিনে যখনই একটু অবসর সময় পেত, তখনই সে পড়তে বসে পড়ত, অথচ তার সঙ্গীরা সেই সময়টা গল্প করেই কাটিয়ে দিত।

এর সুপরিণাম হল, তিরিশ বছর, বয়সেই সে ইউরোপের প্রায় সমস্ত গুরুত্বপূর্ণ ভাষা গুলির সম্পর্কে ওয়াকিবহাল হয়ে যায়।

এই রকমই আর এক যুবক হল স্কটল্যাণ্ডের অরেগা। তার সংসারেও চর্তুদিকে অভাবের ছবিই ছড়িয়ে ছিল। ফলে অতি ছোট বয়সেই তাকে এক পুস্তক বাঁধাইকারীর কাজে পাঠানো হয়। তার মনে ছিল উন্নতমানের বিচার-বিবেচনা এবং জানার প্রবৃত্তি। তার ভেতরেও ছিল পড়ার অতিরিক্ত ইচ্ছা। তার মনে ছিল এক উজ্জ্বল অরকা হওয়ার ইচ্ছা কিন্তু কঠিন পরিস্হিতি তাকে এক সাধারণ বুক-বাইণ্ডারে পরিণত করে। কিন্তু তার নিয়তিতে ছিল সফলতার মন্ত্র। সে যে বই গুলো বাঁধাত, সুযোগ পেলেই সেই বই গুলো পড়েও ফেলত।

একবার একটা বইয়ের উপর কিছু ভারী জিনিস চাপানোর সময় খারাপ কাগজের লুপের মধ্যে থেকে একটা ছেঁড়া কাগজের টুকরো তার হাতে এসে পরে, এই কাগজটা পড়ার ফলেই সে নিজের জীবনের পথ খুঁজে পায়।

এই কাগজের টুকরোতে লেখা ছিল–'চলতে থাক, মহাশয় এগিয়ে যাও। তোমার সামনে যে বাধা-বিপত্তি আসবে, তোমার উন্নতির সাথে-সাথেই তা দূর হতে থাকবে। এগিয়ে চলো, উজ্জ্বলতা পাবেই।'

এই বার্তাই হয়ে ওঠে অরোগোর মার্গদর্শক। এবার সে উজ্জ্বল তারকা হওয়ার জন্য এগোতে শুরু করে। যখনই কোন কঠিন পরিস্হিতি আসত, তখনই অরোগো কাগজের এই টুকরো বার করে পড়তো, এর থেকেই সে পেত সাহস, আত্মবল এবং উৎসাহ আর তারপর সে

নিজের গন্তব্যে উপনিত হওয়ার পরেই শান্তি পায়, অর্থাৎ আজকের পৃথিবীতে অরেগো নক্ষত্রের মতনই উজ্জ্বল।

বন্ধু, হয়তো উপরোক্ত দুটো ঘটনা আপনারা শোনেননি, কিন্তু বিশ্ববিখ্যাত বৈজ্ঞানিক মাইকেল ফেরাণ্ডে সম্পর্কে নিশ্চই ওয়াকিবহাল।

ফেরাণ্ডে ছিলেন এক অনাথ বালক। তিনি লণ্ডনের এক আস্তাবলে থাকতেন। পেটের আগুন নেভানোর জন্য কখনও খবরের কাগজ বিক্রী করতেন, তো কখনও অন্য কোন কাজ করতেন। খবরের কাগজ বিক্রী করার সময়তেই তাঁর মনে পড়ার ইচছা জেগে ওঠে। 13 বছর বয়সে তিনি এক বুক-বাইণ্ডারের কাছে কাজ নেন। ফেরাণ্ডের মনে ছিল পড়ার অদম্য ইচছা। একদিন 'এন্‌সাইক্লোপীডিয়া' নামক এক বিশ্বকোষ বাঁধানোর সময় তাঁর চোখ পরে বিদ্যুৎ সম্পর্কিত এক লেখার উপর। তিনি এই লেখাটা বহুবার পড়েন এবং তারপর ছোট-ছোট জিনিস একত্রিত করে গবেষনা শুরু করেন। এক দিন এক ব্যক্তি তাঁকে গবেষণা করতে দেখে। সে এই বাচ্চার চেস্টা দেখে খুবই প্রভাবিত হয় এবং তাঁকে নিয়ে যায় হাম্ফ্রে ডেভিডের ভাষণ শোনাতে।

ফেরাণ্ডে ডিভেডের ভাষণের থেকে নোট লিখে নেন, তার পর তার উপর নিজের মতামত লেখেন। তারপর তিনি তা স্যার ডেভিডের কাছে পাঠিয়ে দেন।

স্যার ডেভিড তাঁর মতামত পড়ে খুবই খুশী হন এবং তাঁকে নিজের গবেষণাগারের যন্ত্র দেখাশোনার কাজে বহাল করেন।

ডেভিড নিজেই ছিলেন এক মহান বিজ্ঞানী। বালক ফেরাণ্ডে তাঁর গবেষণা গুলি অত্যন্ত মন দিয়ে দেখতেন।

ধীরে ধীরে তিনি বিজ্ঞানের পরিবেশে ঢুকতে শুরু করেন। পরে এই অনাথ এবং ভাগ্যহীন বালক বুলভিলের রয়াল একাদেমীর অধ্যাপক হিসাবে নিযুক্ত হন।

কিছু বছর বাদে হাম্ফ্রে ডেভিডের সাথে থেকে তিনি এক বৈজ্ঞানিক হিসাবে আত্মপ্রকাশ করতে সক্ষ্যম হন। বিভিন্ন সভায় ভাষণ প্রদান করার জন্য তাঁকে আমন্ত্রণও করা হত।

আজ সারা পৃথিবী ফেরাডের নাম জানে, কারণ পরবর্তী কালে তিনি বিজ্ঞান জগতের এক উজ্জ্বল তারকায় পরিণত হন।

উপরোক্ত তিনটি ঘটনার থেকে যে শিক্ষা পাওয়া যায়ঃ-

- বই মানুষের সবচেয়ে ভালো বন্ধু।
- যদি আপনার মধ্যে একটুও পড়ার ইচছা থাকে, তবে বই আপনার অধ্যাপক ও মার্গদর্শকে পরিণত হয় এবং আপনাকে এগিয়ে যেতে সাহায্য করে।
- প্রত্যেক বইয়েরই উদ্দেশ্য হল পাঠককে কিছু দেওয়া, আর পরিবর্তে সে কিছুই চায়না।
- বই মনুষ্য জাতির জন্য নিঃস্বার্থে সেবা করে।
- আমাদের সঙ্গে কেউ না থাকলেও, বই কখনই আমাদের সঙ্গ ছাড়েনা।
- হতাশার সময় কেবল ভালো বইই পারে মানুষের মনোবল বৃদ্ধি করতে, তাকে সঠিক রাস্তায় চালনা করতে।

❑❑❑

মনের বন্ধন খুলুন

বহু দিন আগের কথা। এক ব্যবসায়ি ছিলেন। উটের পিঠে জিনিস-পত্র চাপিয়ে সে বিভিন্ন শহরে ঘুরে-বেরাতো এবং ব্যবসা করত। তার কাছে পাঁচটা উট ছিল। একবার জিনিস-পত্র বিক্রী করে সে তার দেশে ফিরছিল কিন্তু পথেই রাত্রি হয়ে যায়, ফলে সে একটা সরাইখানায় থাকতে বাধ্য হয়।

সরাই খানার বাইরে একটা গাছের নীচে ব্যবসায়ি উটগুলিকে বাঁধতে শুরু করে, চারটে উঠ বাঁধা হয়ে যায় কিন্তু পঞ্চম উটটি বাঁধার মতন দড়ি তার কাছে ছিল না। যে উটটা দাঁড়িয়ে ছিল, মালিক কখন তাকে বাঁধবে সে তার অপেক্ষাই করছিল, তাই সে বসে পড়ে জাবর কাটতে শুরু করে এবং নিজের ক্লান্তি দূর করতে থাকে, এদিকে মালিক সমস্যায় পড়ে যায়। রাস্তার একটা দড়ি হরিয়ে গেছে, এখন কিভাবে উটটিকে বাঁধবে। উটটি না বাঁধলে সে রাতে কোথাও চলে যেতে পারে, এই ভেবে ব্যবসায়ি চিন্তায় পড়ে যায়।

সে নিজেও খুব ক্লান্ত বোধ করছিল তাই উটেদের কাজ শেষ করে সেও সারাইখানায় গিয়ে আরাম করতে চাইছিল। কিন্তু কিভাবে এই সমস্যার সমাধান করা যায়, তা কিছুতেই তার মাথায় আসছিল না।

যখনই কিছুই মাথায় এলনা, তখন এই ব্যবসায়ি সরাইখানার দিকে এগিয়ে যায়। সরাইখানার মালিকের কাছ থেকে সাহায্য পাওয়ার আশায়।

সরাইখানার দরজায় এক বিরাট মুসলিম ফকির বসেছিল। সে

বহুক্ষণ ধরে এই ব্যবসায়িকে দেখছিল। ব্যবসায়ি কাছে আসতেই সে জিজ্ঞাসা করে 'কি সমস্যায় পড়েছো?'

ব্যবসায়ি বলে, "বাবা উটের সুরক্ষার কথা ভেবে সমস্যায় আছি, পাঁচটা উট আছে। বাঁধারজন্য পাঁচটা দাঁড়িয়ে ছিল, একটা দড়ি কোথাও হারিয়ে গেছে। এখন পঞ্চম উটটিকে কিভাবে বাঁধি? পশু তো, বাঁধতে না পারলে যদি রাতে কোথাও চলে যায়।"

সমস্ত কথা শুনে ফকিরটি হাসে, কিন্তু ব্যবসায়ি তার হাসির অর্থ বুঝতে পারে না।

ফকিরটি হেসে তাকে জিজ্ঞাসা করে, 'এখন কি করবে?'

"যাই, সরাইয়ের মালিকের কাছে থেকে দড়ি চাই।"

"তার কোন প্রয়োজন নেই। যাও, চারটে উটকে যে ভাবে বাঁধলে পঞ্চম উটকেও সেভাবেই বেঁধে এসো।"

"কিন্তু দড়ি..."

"আমি বললাম না, দড়ির কোন প্রয়োজনই নেই। যাও কল্পনার দড়ি দিয়ে উটটা বেঁধে দাও। অর্থাৎ বাঁধার অভিনয় কর। ঠিক তেমন করে, যেমন ভাবে তুমি সর্বদা দড়ি বাঁধ। দেখবে ও কোথাও যাবেনা।"

ব্যবসায়ি ফকিরের কথা মেনে নেয়, আর ফিরে গিয়ে কাল্পনিক দড়ি দিয়েই উটকে বাঁধতে শুরু করে। সে এমন অভিনয় করে, মনে হবে সে সত্যিই উটটা বাঁধছে। উটের গলায় কাল্পনিক দড়ি পড়ায়, তারপর দড়িটা গাছের সাথে বেঁধে দেয়, এই কাল্পনিক দড়ি বাঁধার সাথে সাথেই উটটা নিশ্চিন্তে বসে পরে, এটা দেখে ব্যবসায়িটি অবাক হয়ে যায়। মালিক তার সামনে চারা দিলে, সে তা মজা করে খেতে শুরু করে।

ফকিরকে ধন্যবাদজানিয়ে ব্যবসায়ি সরাইখানায় চলে যায়। খাওয়া-দাওয়া শেষ করে শুয়ে পড়ে।

সকাল হয়, ব্যবসায়ির আবার পথ চলার সময় এসে যায়, স্নান

করে, জলখাবার খেয়ে সে বাইরে আসে। বাঁধা উট খোলে, উট উঠে চলতে শুরু করে, কাল্পনিক ভাবে যাকে বেঁধে রেখেছিল তাকেও ডাকে, কিন্তু সে ওঠে না।

ব্যবসায়ি প্রথমে উটটিকে আদর করে, তারপর দুলিয়ে ওঠানোর চেস্টা করে, কিন্তু উটটা ওঠে না। তার অলসতা দেখে ব্যবসায়ি খুব রেগে যায়। সে তাকে লাঠি দিয়ে মারতে শুরু করে, 'অসভ্য, উঠছিস না কেন ?'

সেই সময় ফকির এসে বলে, "এই মূক প্রাণীর উপর কেন এত অত্যাচার করছে ?"

"দেখুন না বাবা! এই অসলটা ওঠার নামই করছে না।"

"কিভাবে উঠবে ?" ফকির হাসে, "তুমি তো ওকে দড়ি দিয়ে বেঁধে রেখেছো।"

"কোথায় বেঁধে রেখেছি ?"

"আরে ভাই। তুমি বলেছিলে না, যদি তুমি ওকে না বাঁধো তাহলে ও কোথাও চলে যাবে।"

"হ্যাঁ, বলেছিলাম।"

"কিন্তু উট তো যায়নি, কারণ ও বাঁধা আছে।"

"আপনি তো জানেন আমি ওকে বাঁধিনি, বাঁধার অভিনয় করেছিলাম, দড়িতো ছিল না।"

"একদম ঠিক। যেমন বাঁধার অভিনয় করেছিলে, তেমনিই খোলার অভিনয় কর, তারপর দেখো ও কিভাবে উঠে দাঁড়ায়।"

ব্যবসায়ি ঠিক তেমনটাই করে, প্রথমে গাছের থেকে কাল্পনিক দড়ি খোলে, তারপর উটের গলার দড়ি খোলার অভিনয় করে এবং আদর করে পিঠের উপর করাঘাত করে।

উট শুধু উঠে দাঁড়াই না, দৌড়ে গিয়ে সাথিদের সাথে যোগ দেয়, ব্যবসায়ি দেখে অবাক হয়ে যায়।

সে ফকিরের দিকে দেখে, তখন ফকির হাসে। ফকির বলে, "যে ভাবে উটকে অদৃশ্য দড়ি দিয়ে বেঁধেছিলে বলেসে উঠতে পাচ্ছিল না, সেইভাবে মানুষের পায়েও বেরিপরানো আছে, তাই সে একই জায়গায় পড়ে আছে, চলতে চায়না, এগোতে চায়না। তাই এই পৃথিবীতে এত কস্ট, এত দুঃখ, কারণ মানষের মন আটকে আছে।"

এই কথাগুলো বোলে ফকির চলে যায়, ব্যবসায়ি এই কথাগুলোর সারমর্ম খোঁজার চেস্টা করে।

বন্ধু, এই গল্পের থেকে আমরা যে শিক্ষা পাইঃ

- আমাদের অবনতি, বিপন্নতা এবং অসফলতার মূল কারণ হল আমাদের এই মন, যা বন্ধনে আবদ্ধ। পুরাতন ও একঘেঁয়েমি ঐতিহ্যের জালে জরিয়ে আছে, তাই চলতে পাচেছনা, ঘাসটাচেছ। এই উটের মতনই অপেক্ষা করছে, কেউ এসে মনের বন্ধন দূর করে দিক, তাহলে আমরাও চলতে পারি, কিন্তু খুলবে কে? সকলেই আবদ্ধ আরএই বন্ধন কাল্পনিক দড়ির মতন যার কোন অস্তিত্বই নেই।
- যতদিন না আমরা পুরাতন ও একঘেঁয়ে ঐতিহ্যের হাত থেকে মুক্তি পাচ্ছি, উম্মুক্ত মন ও মানসিকতা নিয়ে চিন্তা করতে পাচ্ছি, যতদিন না এগিয়ে চলার সংকল্প নিচ্ছি, ততদিন পিছিয়েই থাকব, অসফলই থেকে যাব। তাই মনের বন্ধন খুলুন এবং নিজের মতন করে চিন্তা করুন, দেখুন, বুঝুন, জানুন ও এগিয়ে যান।
- মন থেকে অসফল হওয়ার কাল্পনিক ভয় দূর করুন। কারণ, এটা সেই কাল্পনিক দড়ি যা আমাদের বেঁধে রেখেছে এবং এগিয়ে যাওয়ার পথে বাধার সৃস্টি করছে। এই বন্ধন ছিন্ন করে এগিয়ে চলার জন্য প্রস্তুত হোন।

❑❑❑

সরষের দানা

জন অল্‌ফ্রেড নামক এক স্যাঁকরা ছিল।বংশ পরম্পরায় গয়না বানানোর ব্যাপারে সে ছিল দক্ষ কারিগর। নগরাধিপতির কথা তো বাদ দিন, রাজার বাড়ীর গয়নাও এই ব্যক্তিই বানাত। সুতরাং অন্যান্য স্যাঁকরাদের তুলনায় সে অনেক বেশী সম্পন্ন এবং সফল ছিল। সে এতটাই ব্যস্ত থাকত যে, ব্যবসা ছাড়া অন্য কোন দিকে তাকানোর মতন সময় পর্যন্ত তার ছিল না, অন্যদিকে অন্য স্যাঁকরার সারাদিন ধরে নিজেদের অস্তিত্ব টিকিয়ে রাখার সংগ্রাম করত। তারা নিত্য নতুন কিছু করার চেস্টা করত, কিন্তু জনকে এতটুকু নরাতে পর্যন্ত পারত না।

কিন্তু বন্ধু! সময় পরিবর্তনশীল। সময়ের পরিবর্তনের সাথে সাথে মানুষের চিন্তা ধারাও দ্রুত গতিতে বদলাতে থাকে। নতুন চিন্তাও নতুন দৃষ্টিভঙ্গীর ফলে মানুষ সমস্ত ব্যাপারেই নতুন কিছু খুঁজে বার করতে চায়।

অন্য স্যাঁকরারা সময়ের পরিবর্তনকে বুঝতে পেরে নতুন মেটাল, নতুন ধরণের ডিজাইনের গয়না বাজারে নিয়ে আসে নতুন ফ্যাশানের গয়না মানুষের পছন্দ হয়, তা সঙ্গে-সঙ্গে বিক্রী হতে শুরু করে। নিজের জগতে ব্যস্ত জনকে তার শুভচিন্তকরা অনেক বোঝায়, কিন্তু সে কাউর কথাতেই কর্ণপাত করেনা। সময়ের সাথে-সাথে তারও নিজেকে বদলে নেওয়া উচিত ছিল, কিন্তু সে হাওয়ার গতি বুঝতে পারেনি এবং সময়ের সাথে-সাথে চলতেও ব্যর্থ হয়েছে।

তার উপর 'নতুন 'ন' দিন, পুরানো শ' দিন' বলে কাউর কথাতেই ভ্রু-ক্ষেপ করত না। সে বুঝতেই পারেনি যে, পরিবর্তনের এই যুগে তার ঐতিহ্যের আর কোন দাম নেই, কারণ মানুষ পরিবর্তনকে স্বীকার করে নিয়েছে। আজকের পৃথিবী শুদ্ধতা, মজবুত জিনিস, ওগ্যারেন্টির পরিবর্তে ফ্যাশানকে আলিঙ্গ করে নিয়েছে, আর ফ্যাশানের গ্যারান্টি হয়না। তা চন্দ্রকলার মতন প্রতিদিন নিজের মুখ বদলাতে থাকে।

পরিণাম ! জনের ব্যবসার তরণীতে ছেদয় হয়ে যায় এবং তা ডুবতে শুরু করে। জন আশা করে যে, ব্যবসা আজ নয়তো কাল সামলে যাবে, সে নিজের প্রাচীন ঐতিহ্য এবং ডিজাইন নিয়েই মাথা ঘামাতে থাকে। ফলস্বরূপ তার ব্যবসা অতি দ্রুত চৌপাট হতে শুরু করে। যখন জন বুঝতে পারল, তখন অনেকটা দেরী হয়ে গেছিল। অন্য ব্যবসায়িরা জনকে পিছনে ফেলে বহুদূর এগিয়ে গেছিল। অন্যদিকে জনের অর্ডারও বন্ধ হয়ে গেছিল, কারণ তারমান নিম্ন হয়ে গেছিল এবং ধীরে-ধীরে তার কারখানা ও শোরুমে তালা লেগে যায়।

জন একেবারে ভেঙে পড়েছিল। সময়ের সাথে-সাথে কেন সে নিজেকে বদলাতে পারেনি ? এর মানে তার ভেতরে দূরদর্শিতার অভাব আছে এবং বাজার সম্পর্কে কোন জ্ঞান নেই, এই সমস্ত সন্দেহ তার বিশ্বাসকে ভেঙে টুকরো-টুকরো করে দেয়। তার মনে হয় যে, তার সৌভাগ্য দুর্ভাগ্যে পরিবর্তিত হয়েছে, ফলে সে আর কোন দিনই উপরে উঠতে পারবে না।

সকলেই উদিয়মান সূর্যের পূজা করে। জনের ভাগ্য অস্তিমিত হতে দেখে তার ব্যবসার সহযোগি ও বন্ধুরা তার দিক থেকে মুখ ফিরিয়ে নেয়। শুধুমাত্র খারাপ সময়তেও তার স্ত্রী মারিয়া তার সঙ্গেই থাকে। সে খুবই বোঝদান ও আত্মবিশ্বাসী প্রকৃতির মানুষ ছিল। সে জনকে বুঝিয়ে বলত, "এই ভাবে হতাশ হওয়ার কোন প্রয়োজন

নেই। যে ভাবে আলোক উজ্জ্বল দিনের পর কালো রাত আসে, তেমনি কালো রাতের পর ঝকঝকে দিনও আসে। তুমি এত ভালো কারিগর। তোমাকে নতুন মনবল নিয়ে কাজ শুরু করতেই হবে।"

জন হতাশ হয়ে বলত, "না মারিয়া, আমি বোধ হয় জীবনে আর কিছুই করতে পারব না। আর তুমি তো দেখতেই পাচ্ছে, সকলেই আমার দিক থেকে মুখ ঘুরিয়ে নিয়েছে। এমনকি যাদের খারাপ সময়ে আমি সাহায্য করেছি, যাদের আমি ভরসা করতাম তারা পর্যন্ত আমার দিক থেকে মুখ ঘুরিয়ে নিয়েছে।

মারিয়া তাকে বুঝিয়ে বলত, "জন, কাউকে দোষ দিও না। খারাপ সময়ে ছায়াও সঙ্গে থাকে না। কেউ আমাদের সঙ্গে নেই তো কি হয়েছে, ভগবান তো আমাদের সঙ্গে আছে। তুমি কতদিন চার্চে যাওনি বলতো। চল, আজ আমর দুজনে মিলে চার্চে যাই। আমি বিশ্বাস করি যে প্রভু যিশু অবশ্যই আমাদের কথা শুনবেন, আর কোন-না-কোন রাস্তা অবশ্যই আমরা খুঁজে পাব। ভগবান অবশ্যই কৃপা করবেন।"

স্ত্রীর বোঝানোর ফলে, জন হতাশ মনেই তার সঙ্গে চার্চে যায়। চার্চে তখন ফাদার বক্তৃতা দিচ্ছিল, স্বামী-স্ত্রী এই শ্রোতাদের মধ্যে বসে বক্তৃতা শুনছিল।

ফাদার বলছিল, "আপনি যদি নিজেকে সরষের দানার মতনও বিশ্বাস করেন তবে জীবনে একশো-শতাংশ সফলতা অর্জন করবেনই। মনের সমস্ত ইচ্ছা পূরণ হতে পারে। যা হারিয়েছেন, তা পুণরায় পেতে পারেন। প্রধান জিনিস হল–বিশ্বাস। অধিকের প্রয়োজন নেই, সরষের দানার মতন বিশ্বাস থাকাটাও যথেস্ট, সততার সাথে চেস্টা করলে সফল হবেনই...।"

'বিশ্বাস!' জনের মাথার মধ্যে উথাল-পাতাল হতে থাকে, 'সরষের দানার সমান বিশ্বাস বিশ্বাস। এতটুকু আত্মবিশ্বাস মানুষকে সফল

করে তুলতে পারে কি ?'

বক্তৃতা শেষ হওয়ার পর সমস্ত শঙ্কা দূরকরার জন্য জন্ ফাদারের কাছে যায় এবং তার হাতে চুম্বন করে বলে, 'ফাদার, আমার সমস্ত শঙ্কা দূর করতে সাহায্য করুন।" ফাদার উৎসুক হয়ে বলেন, "শঙ্কা কিসের ?"

"আপনি বক্তৃতাতে বলছিলেন যে, যদি কাউর মনে সরষের দানার সমান বিশ্বাস থাকে, তবে সে সব কিছু পেতে পারে, এটা সত্যি ?"

ফাদার মুখে সৌম্য হাসি এনে বলে, "একদম ঠিক, বিশ্বাসই বেঁচে থাকার একমাত্র সম্বল যে নিজেকে বিশ্বাস করেনা, সে মৃতের সমান। যদি তোমার মনে এতটুকু আত্মবিশ্বাস থাকে তবে তুমি বেঁচে থাকতে পারবে, আর যে বেঁচে থাকে সেই সবকিছু পেতে পারে, মৃত পারে না।"

আত্মবিশ্বাসের সাথে জন বলে, "ধন্যবাদ ফাদার ! আপনার কৃপায় আমি আজ নতুন পথ খুঁজে পেলাম। আজ থেকে জীবনের প্রতি আমার দৃষ্টিভঙ্গী বদলে গেল। সফলতার প্রধান ভিত্তি বিশ্বাস, এই কথাটা আমি কখন ভুলবনা। সেই বিশ্বাস সরষের দানার মতনই হোক না কেন।"

বাড়ী ফেরার সময় জন ভাবছিল, "নিজের প্রতি বিশ্বাস শেষ হয়ে যাওয়ার ফলেই আমার এই অবস্থা। যাই হোক না কেন, আমি নিজের বিশ্বাসকে মরতে দেব না। আমি সরষের দানা দেখে নিজের বিশ্বাসকে জীবিত রাখব।"

বাড়ী ফিরে সে নিজের স্ত্রীর কাছ থেকে একটা সরষের দানা চায় আর বলে, "সরষেরএই দানাই আমার আত্মবিশ্বাস জীবিত রাখবে। এই ছোট্ট দানাটাই আমাকে সলতার শিখরে পৌঁছে দেবে।"

মারিয়া মনে-মনে ফাদারকে ধন্যবাদ জানায়, তার বক্তৃতাই তার হতাশ স্বামীর মনে আশার আলো জ্বালিয়ে দিয়েছিল। তার চোখে

আনন্দের জল টলটল করতে থাকে। সে একটা সরষের দানা এনে স্বামীর হাতে দেয়।

জন সযত্নে এই সরষের দানা নিজের কাছে রেখে দেয়। তখন এক নুতন সমস্যা উপস্থিত হয়, প্রতিদিন ই এই সরষের দানা হারিয়ে যেত।

ফলে জন্, মারিয়ার কাছ থেকে অনেক গুলি দানা নিয়ে নিজের ঘড়ি, আংটি ও ব্রেসলেট প্রভৃতিতে আটকে দেয়, যাতে এই সরষের দানা সর্বদা তার চোখের সামনেই থাকে এবং তার বিশ্বাস দৃঢ় থেকে দৃঢ়তর হতে থাকে, সে পুণরায় সফল হওয়ার মতন যোগ্যতা লাভ করে।

জন্ নিজের যে গয়না গুলিতে সরষের দানা আটকে রেখেছিল, সেগুলি আগের থেকে অনেক বেশী চক্‌চক্ করছিল। সে এই গয়না গুলি দেখে নিজেই অবাক হয়ে গেছিল।

একদিন জন্ ভাবে যে, সরষে দানা লাগানে গয়না দেখতে খুবই সুন্দর ও অদ্ভূত লাগে। হিরে-মণিমাণিক্যের পরিবর্তে সরষে দানা লাগানো গয়না বিক্রী করলে কেমন হয়। এই কথা মনে আসতেই সে সেদিন থেকেই এই কাজ করতে শুরু করে।

তখন শহরে একটা ব্যবসায়িক প্রদর্শন চলছিল। জন নিজে তার অদ্ভুত গয়না প্রদর্শনের কথা ভাবে এবং প্রদশনীতে সে একটা স্টল বুক করে। নিজের স্টলে সে একটা বোর্ড লাগায়, যাতে লেখা ছিল–'বিশ্বাসের প্রতীক সরষের দানা যুক্ত গয়না।'

সেই সাথে বাইবেলের এই অংশের একটা ফটোও লাগিয়ে দেয়। লোকেও যখন পবিত্র বাইবেলের এই পংক্তিগুলি পড়ে, (যে সরষের দানার মতন বিশ্বাস মানুষকে সফল করতে পারে।) তখন এই সরষে লাগানো গয়না গুলির প্রতি মানুষ আকর্ষিত হয়, মানুষের মনে এতটাই শ্রদ্ধাও আত্মবিশ্বাস জেগে ওঠে যে, এই গয়না সঙ্গে-সঙ্গে

বিক্রী হয়ে যায় এবং জন্ হাজার-হাজার ডলার লাভ করে। এতে তার উৎসাহ ও বিশ্বাস অভূতপূর্ব বৃদ্ধি পায়। সরষে লাগানো গয়নার চাহিদা এতই বৃদ্ধি পায়। যে, জন্ শহরে আগের তুলনায় একটা বড় দোকান খুলে ফেলে। ধীরে-ধীরে নয়, বরং অতি দ্রুত গতিতেই সে সফল ও সমৃদ্ধ হয়ে ওঠে।

বন্ধু, এই গল্পের থেকে আমরা যে শিক্ষা পাই ঃ

- প্রতিটা মানুষকে দূরদর্শিতার সাথে কাজ করা উচিত, ব্যবসা করার সময় মন-মস্তিস্ক এবং চোখ খোলা রাখুন।
- যারা সময়ের সাথে নিজেকে বদলাতে পারে তারা কখনই পরাজিত হয়না।
- কোন ব্যক্তিরই প্রাচীন-পন্থী হওয়া উচিত না।
- সর্বদা নতুন কিছু ভাবা উচিত। কাজ যত প্রাচীনই হোক না কেন, সময়ের চাহিদা অনুসারে তা পরিবর্তন করার স্টাইল জানা উচিত।
- এতো করেও যদি কোন কারণে ব্যক্তি বিপরীত পরিস্থিতিতে জরিয়ে পরে তবে তার কখনই হতাশ হওয়া উচিত না। কখনই নিজের যোগ্যতার উপর অবিশ্বাস করা উচিত না।

যদি আপনাকেও কখন জনের মতন পরিস্থিতির সম্মুখীনতা করতে হয়, তবে নিরাশ হবেন না। বসুন, ভাবুন, বিচার করুন এবং দেখুন আপনি কোথায়-কোথায় ভুল করেছেন। নতুন উম্মাদনার সাথে এই ভুল শোধরান, নতুন বিশ্বাসের সাথে পুণরায় কাজ শুরু করুন। দুই হাজার বছর ধরে বাইবেল সত্যি কথাই বলে চলেছে। যদি আপনার মধ্যে সরষের দানার মতন আত্মবিশ্বাস থাকে তবে আপনি অবশ্যই সফল হবেন।

❑❑❑

বিশ্বাস অটুট রাখুন, আপনার ভবিষ্যৎ সুন্দর হবেই

মিলেনী নামের একটা মেয়ে ছিল।

অন্যান্য সাধারণ বাচাদের মতন তারও একটা স্বপ্ন ছিল। সেই স্বপ্ন ছিল বেলে ডান্সার হওয়ার। সে এমনিই যে এই স্বপ্ন দেখেছিল তা নয়, তার ভেতরে এক উন্নতমানের বেলে ডান্সার লুকিয়ে ছিল। প্রকৃতি তার শরীরে এক অসাধারণ কোমলতা দান করেছিল, তার ভেতরে বিদ্যমান নর্তকী তাকে বেলে ডান্স করার জন্য উৎসাহিত করত।

মিলেনী যখন নাচত তখন তার বাবা-মা তার স্টেপ দেখে অবাক হয়ে যেত। কোন রকম প্রশিক্ষণ ছাড়াই এত সুন্দর নাচ, তারা ভাবত, 'আমাদের মেয়ের মধ্যে নাচের প্রতিভা লুকিয়ে আছে, তা সর্ব সমুক্ষে নিয়ে আসা উচিত।' মিলেনীও তাই চাইত। সুতরাং ঠিক করা হয় যে, মিলেনী বেলে ডান্সার হবে।

তার বাবা-মা সেই মতনই চেষ্টা শুরু করে।

তারা তাকে নিয়ে এক নৃত্য প্রশিক্ষণ কেন্দ্রে যায় এবং বেলে প্রশিক্ষককে মিলেনীর প্রতিভা সম্পর্কে বলে, সেই সঙ্গে তাকে প্রশিক্ষণ দেওয়ার জন্যও অনুরোধ করে।

শিক্ষক মিলেনীর নৃত্য দেখে, কিন্তু সে মিলেনীকে খুব বেশী গুরুত্ব দেয় না এবং নিজের অন্য কাজ নিয়েই ব্যস্ত থাকে। তারা বাবা-মা শিক্ষকের মুখ থেকে প্রশংসা শোনার জন্য উদগ্রীব হয়ে উঠেছিল।

কিন্তু তাদেরসমস্ত আশা ভেঙে চুরমার হয়ে যায়, শিক্ষক অত্যন্ত রুক্ষ স্বরে বলে, "না, তোমার মধ্যে বেলে ডান্সার হওয়ার যোগ্যতা নেই। বেলে ডান্সের জন্য যে কোমলতা চাই, তোমার মধ্যে সেই কোমলতাই নেই। আমি বলি কি, এই ক্ষেত্রে নিজের সময় নষ্ট করার পরিবর্তে, তুমি অন্য কিছু হওয়ার কথা ভাব।"

মিলেনীর পা আরস্ট হয়ে যায়। উৎসাহ শেষ হয়ে যায়, চোখ দিয়ে জল ঝরতে থাকে।

তার স্বপ্ন এই ভাবে ভেঙে যাবে, তা সে ভাবতে পর্যন্ত পারেনি। সে উজ্জ্বলতা বিকিরণ করতে এসেছিল কিন্তু অন্ধকারাচ্ছন্ন হয়ে চলে যায়। সকলেই হতাশ হয়ে পড়েছিল, শুধু সময়ই হাসছিল কারণ, শুধু সময়ই জানত যে মিলেনী সফলতার এক নতুন ইতিহাস রচনা করতে চলেছে।

তারপর আর মিলেনী কখনই নাচেনি।

সময় কাটতে থাকে।

মিলেনী পড়াশোনা করে স্কুলের অধ্যাপিকা হয়ে যায়। এই স্কুলের বেলে নৃত্যের প্রশিক্ষণ দেওয়া হত।

ছোট-ছোট মেয়েদের বেলে ডান্স করতে দেখে মিলেনীর নিজের শৈশবের কথা মনে পড়ে। তার ভেতরে যে আগুন সুপ্ত অবস্থায় ছিল তা তার পাকে নাচিয়ে তুলতো, কিন্তু সে বহু কষ্টে নিজেকে সামলে নিত। বহু বছর আগে বেলে প্রশিক্ষকের বলা কথা গুলো তারমনে পড়ে যেত, "তুমি বেলে ডান্সার হতে পারবে না। তোমার শরীরে সেই কোমলতা কোথায়, যা একটা বেলে ডান্সারের থাকা উচিত।"

আর তখনই... মিলেনীর চোখ জলে ভরে যেত। চোখের জল আর মনের ছটফটানি তাকে বিব্রত করে তুলত।

কিন্তু অবশেষে মিলেনীর প্রতিভা প্রস্ফুটিত হওয়ার সময় এসেই

যায়।

একদিন স্কুলের নৃত্যু প্রশিক্ষক কোন একটা কারণে সময় মতন স্কুলে আসতে পারেনি। এই দিন নৃত্যু শেখানোর পিরীয়ড মিলেনীর দায়িত্বে ছেড়ে দেওয়া হয়। আসলে তার দায়িত্ব ছিল মেয়েদের চুপ করে বসিয়ে রাখার, যাতে তারা খালি পিরীয়াড এদিক-সেদিক ঘুরতে না পারে।

সুযোগ পেয়ে তার প্রতিভা প্রজ্জ্বলিত হয়ে ওঠে।

মিলেনী ঘরে গিয়ে বাচ্চাদের নাচ শেখাতে-শেখাতে নিজেই নাচ করতে শুরু করে।

নাচ করতে করতে সে তা বোধ শক্তি হারিয়ে ফেলে। সে এতটুকও জানতে পারেনি যে, ড্যান্স টিচার স্কুলে চলে এসেছে এবং সে ক্লাস রুমের দরজায় দাঁড়িয়ে অবাক দৃষ্টিতে মিলেনীর নাচ দেখছে।

"ও গড। এই চোখে আনন্দের অশ্রু চকচক করতে থাকে। তার আনন্দ দেখে মনে হচিলছ, যে সে মাটিতে পড়ে থাকা কোন হিরা খুঁজে পেয়েছে।

সে দৌড়ে ক্লাস রুমের মধ্যে ঢুকে মিলেনীকে জরিয়ে ধরে, "অসাধারণ মিলেনী, তুমি তো অসাধারণ বেলে ডান্সার।"

নৃত্যের লয়ে বিঘ্ন ঘটলে, মিলেনী তার বোধ শক্তি ফিরে পায়, "স...সরী ম্যাডাম।"

"কিসের জন্য সরী," ডান্স টিচার খুশীতে চিৎকার করে ওঠে, "মিলেনী, আমি জানতাম না তুমি এত ভালে বেলে ডান্সার? আরে তুমি তো হিরা...."

মিলেনী, আকস্মিক কি হয়ে গেলো, কিছুই বুঝতে পারেনি।

তারপর এই ডান্সার টিচার মিলেনীকে নিজের গুরুর কাছে নিয়ে যায়। সারা পৃথিবী জানে যে তারপর মিলেনী আর কোন দিন পিছন

ঘুরে দেখেনি। একদিন সে পৃথিবীর সর্বশ্রেষ্ঠ্য বেলে ডান্সারে পরিণত হয়।

আজও মেলিনীকে পৃথিবীর বিখ্যাত ডান্সারদের মধ্যে একজন বলে গণ্য করা হয়।

এই ঘটনা আমাদের কি শিক্ষা দেয়

◆ যদি আপনার মধ্যে প্রতিভা থাকে, যদি আপনার মন কোন ভালো কাজের জন্য আন্দোলিত হয়, তবে কাউর কথা শুনে নিজের প্রতিভাকে গলা টিপে মেরে দেবেন না। এই ধরণের পরিস্থিতিকে প্রতিযোগিতা রূপে গ্রহণ করুন। আপনার ভবিষ্যৎ-সুন্দর হবেই তাতে কোন সন্দেহ নেই।

❑❑❑

মানুষের সাথে সম্পর্ক গঠন করুন

আচার্য বিনোবা ভাবে সন্ত ভাবে সন্ত ছিলেন ঠিকই, কিন্তু তিনি বৈরাগী ছিলেন না বা একাও থাকতেন না। তখনও আমাদের দেশ স্বাধীন হয়নি। বিভিন্ন স্থানে স্বাধীনতার জন্য সংগ্রাম চলছিল, তা সত্ত্বেও বহু লোকের মধ্যে সংঘবদ্ধ হওয়ার অভাব দেখা গেছিল। এমন অবস্থায় বিনোবা ভাবে অসাধারণ স্টাইলে লোকেদের দেশভক্তি ও একত্রিত হওয়ার বার্তা প্রেরণ করতেন, যাতে সমাজে বিপ্লবের আগুন প্রজ্জ্বলিত থাকে।

একদিন কোন এক বিদ্যালয়ের কিছু ছাত্র শ্রী বিনোভা মহাশয়ের সঙ্গে দেখা করার জন্য তাঁর আশ্রমে আসে। আচার্য মহাশয় আশা করতেন যে এই যুব সমাজই এই দেশের জন্য কিছু করবে। তিনি ছাত্রদের কাগজের কিছু টুকরো দিয়ে বলেন, "এটা পৃথিবীর মানচিত্র, যা কোন ভুল বশত ছিঁড়ে গেছে। কেউ এটাকে টুকরো-টুকরো করে দিয়েছে। তোমরা সকলেই পড়াশোনা জানা, বুদ্ধিমান ব্যক্তি, এই মানচিত্রটা জুড়ে দেখাও তো।"

ছাত্ররা মানচিত্র জুড়তে বসে যায়, কিন্তু বহু চেস্টা করে ও তা জুড়তে পারেনা।

আচার্য মহাশয়ের কাছে আর এক যুবক বসেছিল। ছাত্রদের অসফলতা দেখার পর সে বহু সাহস জুটিয়ে বলে, "আচার্য মহাশয়, যদি আজ্ঞা দেন তবে আমি চেস্টা করে দেখতে পারি।"

আচার্য বিনোবা ভাবে বলে, "অবশ্যই, এই পৃথিবীটা সবার, আর

তাকে যুক্ত করার চেস্টা যে কেউ করতে পারে। চেস্টা কর।"

আজ্ঞা পেয়ে, এই যুবক যখন কাগজের টুকরো গুলি নিরীক্ষণ করে তখন তার চোখ খুশীতে চকচক করে ওঠে।

তারপর চোখের পলকে সে আচার্য মহাশয়ের সামনে পৃথিবীর মানচিত্র জুড়ে দেয়।

সমস্ত ছাত্র অবাক হয়ে যায়, এমনকি আচার্য বিনোবা ভাবে পর্যন্ত। যুবকের বুদ্ধির প্রশংসা করে বিনোবা ভাবে তাকে জিজ্ঞাসা করেন, "তুমি এত তাড়াতাড়ি মানচিত্রটা কিভাবে জুড়ে ফেললে ?"

"মহাশয়, আমি এই মানচিত্র জোড়ার চেস্টা করিনি।"

"তা হলে ?"

"আমি দেখলাম এই মানচিত্রের পিছনে একটা মানুষের মুখ রয়েছে। আমি এই মানুষের মুখটা জোরার চেস্টা করেছি, মানচিত্র আপনার থেকেই জুড়ে গেছে।"

আচার্য মহাশয় তার পিঠ চাপড়ে বলে, "অসাধারণ, তোমরা জানকি, এটাই রাস্ট্রের একতা এবং স্বাধীনতা পাওয়ার মূল মন্ত্র। যদি দেশকে অখণ্ড রাখতে হয়, যদি স্বাধীন হতে চাও, তবে মানষকে যুক্ত কর। মানুষের সাথে মানুষকে জুড়ে দিলে, পৃথিবী আপনা থেকেই যুক্ত হয়ে যাবে।"

এই ঘটনার থেকে আমা কি শিক্ষা পাই ঃ

- দেশে তখনই একতা বজায় থাকতে পারে, যখন মানুষ মানুষের সাথে যুক্ত হয়ে যাবে।
- বৈচিত্রের মধ্যে একত্রিত থাকার মূল মন্ত্র হল, মানুষের সাথে মানুষের সংযোজন।
- প্রত্যেক পদক্ষেপে মানুষের কাউকে বা কাউকে চাই, কোন মানুষই একা সফলতারশিখরে উঠতে পারেনা।

- সেই ব্যক্তিই সফল হয়, যে অন্যকে জুড়তে জানে বা অন্যদের সাথে নিজেকে যুক্ত করতে জানে।
- সমস্ত সফল ব্যবসায়িদের সফলতার রহস্য হল তারা লোকেদের যুক্ত করতে জানে। তাদের সাথে কত লোক সংঘবদ্ধ হয়, তারা ততই নতুন-নতুন সফলতা প্রাপ্ত করতে পারে। আর সফলতার এই মূলমন্ত্রের প্রকৃষ্ট উদাহরণ হল, ঈশ্বর ধীরুভাই আম্বানী।

তাই যদি আপনি জীবনে সফল হতে চান তবে লোকেদের সাথে যুক্ত হোন, এবং তাদেরকে নিজের সাথে যুক্ত করুন – ***এটাই সফলতার মূলমন্ত্র।***

❑❑❑

সমস্যার কথা বলে, নিজেকে ছোট করবেন না

এক মাল্টিন্যাশানাল কোম্পানীতে মার্কেটিং এক্‌জিকিউটিভের প্রয়োজন ছিল। খবরের কাগজে বিজ্ঞাপনটি পড়ে বহু ছেলেই সেখানে পৌঁছে যায় ইন্টারভিউ দিত, তাদের সকলকেই কেবিনের বাইরে একটা হলে বসিয়ে দেওয়া হয়।

সাক্ষাৎকারকর্তা কেবিনেই বসেছিল।

সে নিজের কেবিনে বসে হলে ফিট্ করা ক্লোজ সার্কিট ক্যামেরার সাহায্যে প্রতিটি ছেলের গতিবিধি পুঙ্খানুপুঙ্খ ভাবে লক্ষ্য করছিল।

কেউ প্রচণ্ড টেনশানে বার-বার ঘড়ি দেখছিল, কেউ বিরক্তির সাথে মাথা চুলকাচ্ছিল, কেউ ছিল খুব চুপচাপ এবং অন্যদের মুখে ছিল ভয়ের ছাপ।

শুধুমাত্র একজনই কোনরকম টেনশান ছাড়া সম্পূর্ণ আত্মবিশ্বাসের সাথে বসে ছিল।

সাক্ষাৎকারকর্তা প্রত্যেকের হাব-ভাব দেখে তাদের মানসিক পরিস্থিতি বোঝার পর এক-এক করে প্রত্যেককে কেবিনে ডেকে তাদের ইন্টারভিউ নিতে শুরু করে। এক-এক করে প্রার্থী ভেতরে যেতে থাকে এবং আসতে থাকে।

কিছুক্ষণ বাদে যে ছেলেটি আত্মবিশ্বাসের সাথে বসেছিল তার সময় আসে। সে ভেতরে যায়।

"আপনি নিশ্চই জানেন আপনি কিসের জন্য এবং কোথায় এসেছেন।"

"আজ্ঞে হ্যাঁ, আমি ডিবিয়ার্স ডায়মণ্ড কোম্পানীতে মার্কেটিং একজীকিউটিভ পদের জন্য ইন্টারভিউ দিতে এসেছি।"

"আমরা বিজ্ঞাপনে জানিয়েছে যে, যে প্রার্থীকে মনোনিত করা হবে তাকে বছরে পাঁচ লক্ষ টাকা পেমেন্ট করা হবে। আপনি কি এতে খুশী ?"

"না, স্যার।"

সাক্ষাৎকার কর্তা অবাক হয়ে বলে, "না।"

একজন জিজ্ঞাসা করে, "তা সত্ত্বেওও আপনি ইন্টারভিউ দিতে এসেছেন। ঠিক আছে, যখন এসেছেন, তখন বলেই দিন আপনি কত টাকা বেতন আশা করেন ?"

"প্রথম কথা হল, চাকরির বাজারে আমার দর কতটা আমি সেটাই দেখতে চেয়েছিলাম। দ্বিতীয়ত, কোম্পানী যোগ্যতার সম্মান দিতে জানে কিনা সেটা আমার দেখার ছিল," তারপর প্রার্থী বলে, "আমি বছরে সাত লক্ষ পঞ্চাশ হাজার টাকা চাই।"

"দু-লাখ পঞ্চাশ হাজার টাকা বেশী ? আপনার মধ্যে এমনকি বিশেষত্ব আছে ?"

"স্যার, মার্কেটিং একজীকিউটিভ হিসাবে বছরে পাঁচ লাখ টাকা ঠিকই আছে, কিন্তু এতে খুব সাধারণ মানের কাজ পাওয়া যাবে। কিন্তু যদি চান যে কেউ সমস্ত উৎসাহ, পাগলামি দিয়ে, নিজেকে সমর্পন করে কোম্পানীর কাজ করবে তাহলে বছরে সাত লক্ষ পঞ্চাশ হাজারের নিচে তা কোন মতেই সম্ভব না।"

এই যুবকের কথা শুনে ইন্টারভিউ গ্রহণকারীদের চোখ চমকে ওঠে।

আসলে তারা এমনই আত্মবিশ্বাসে পূর্ণ, উৎসাহী, কাজের ব্যাপারে পাগল ছেলের সন্ধান করছিল। ইন্টারভিউ গ্রহণকারীরা নিজেদের মধ্যে চোখে-চোখে ইশার করে সম্মতি প্রকাশ করে এবং যুবককে

নির্বাচন করে নেয়।

বন্ধু, এই গল্প কি শিক্ষা দিল ঃ

- কখন নিজের মূল্য ছোট করবেন না।
- যত সমস্যাই থাকুক না কেন, কখনই নিজের সমস্যা ব্যক্ত করবেন না।
- আত্মবিশ্বাসে ভরপুর থাকলে এবং আপনার উৎসাহ আক্রমক হলে সামনের লোক অবশ্যই আপনার দ্বারা প্রভাবিত হবে।

সর্বদা মনে রাখবেন ঃ পরিস্থিতি যেমনই হোক, যত সমস্যাই হোক, যত সমস্যা যত অভাবই থাক না কেন, কখনই নিরুৎসাহিত হবেন না। কখনই, কাঁদো-কাঁদো মুখে কোথাও যাবেন না। কখনই নিজের সমস্যা অপরকে জানতে দেবেন না, কখনই নিজেকে হতভাগ্য প্রমাণ করার চেষ্টা করবেন না। এমনটা করলে আপনার শক্তি, ক্ষমতা ও যোগ্যতার মূল্য কমে যাবে।

❑❑❑

মহাবীর স্বামী
অদ্ভূত ক্ষমা প্রদান

বহুদিন আগেরকার কথা। মহাবীর স্বামী এক বিরাট বৃক্ষের নিচে ধ্যান-মগ্ন ছিলেন। এই বনে বিভিন্ন রকম ফলের গাছ ছিল। যে গাছের নীচে স্বামীজী বসেছিলেন, তার পাশেই একটা আমের গাছ ছিল, তাতে হলুদ সবুজ প্রচুর ফল ঝুলছিল।

হঠাৎ করে কিছু বাচ্চা এই বনে এসে উপস্থিত হয়।

তাদের কাছে ছিল ইঁটের টুকরো আর নজর ছিল আম গাছে ঝোলা পাকা ফল গুলির দিকে।

গাছের কাছে পৌঁছেই তারা পাকা-আমগুলিকে লক্ষ্য করে ঢিল মারতে থাকে। বেশির ভাগ ঢিলই আমের গায়ে লাগেনি, বরং এদিক-ওদিকে পড়ে। কোন একটা বাচ্চার ঢিল আমের গায়ে লাগে এবং তক্ষনাৎ আম নিচে এসে পড়ে।

এই বাচ্চাটি খুশীতে চিৎকার করে ওঠে এবং দৌড়ে গিয়ে আমটা নিয়ে আসে।

তার চোখে ছিল তার জয় ও আনন্দের ছবি। পরিশ্রমের ফল মিস্টি হয়। এই বাচ্চাও নিজের পরিশ্রমের মিস্টি ফল পেয়ে যায়।

ফল পেয়েছিল একটা বাচ্চা, কিন্তু খুশীতে সবাই চিৎকার করছিল। বাচ্চাদের চিৎকার স্বামীজীর ধ্যান ভঙ্গ হয়ে যায়। তিনি স্নেহপূর্ণ দৃষ্টিতে বাচ্চচাদের আনন্দ, উৎসাহ ও খুশীর হট্টোগোল দেখতে থাকেন।

"এই বাচ্চারা কত নিস্পাপ, কত খুশীতে আছে। বাচ্চারা এমনিতেই আনন্দে থাকে, কিন্তু আম পেয়ে ওদের আনন্দ দ্বিগুণ হয়ে গেছে।"

স্বামীজী বসে-বসে এই সব কথা ভাবছিলেন, এমন সময় একটা ইঁট এসে লাগে তাঁর মাথায়।

স্বামীজীর কন্ঠ থেকে ব্যাথাতুর 'আঃ' নির্গত হয়, তার মাথা থেকে রক্ত গরাতে থাকে।

এই দেখে বাচ্চারা ভয় পেয়ে যায়, তাদের উৎসাহ জল হয়ে যায়, মুখ ভয়ে ফেকাসে হয়ে ওঠে। তার আম পারতে এতই ব্যস্ত ছিল যে, স্বামীজীকে তারা খেয়ালই করেনি।

এমন সময় এই বনের মালী সেখানে এসে উপস্থিত হয়।

বাচ্চাদের হাতে ঢিল আর স্বামীজর কপাল থেকে নির্গত রক্ত দেখে, সে সমস্ত ব্যাপারটাই অনুধাবন করতে পারে।

সংকচিত বাচ্চারা মালীকে দেখে আরোও ভয় পেয়ে যায়। মারের ভয়ে ঢিল ফেলে তারা দৌড়াতে শুরু করে, কিন্তু মালী প্রচণ্ড গতিতে দৌড়ে তাদের মধ্যে দুটি বাচ্চাকে ধরে ফেলে। সে এই দুজনকে নিয়ে স্বামীজীর কাছে গিয়ে বলে, "স্বামী জী! এই বাচ্চারা প্রচণ্ড উৎপাত করে, এদের শাস্তি দিন।"

স্বামীজী মুখে এক অতি-সহজ-সরল হাসি নিয়ে বলেন, "না বাবা! ওদের ছেড়ে দাও, বাচ্চারা উৎপাত করেই।"

মালীটি অবাক হয়ে বলে, "এ আপনি কি বলছেন স্বামীজী। এরা আপনাকে আঘাত করেছে, আর আপনি এদের ছাড়তে বলছেন। না-না স্বামীজী, আপনি এদের শাস্তি দিন। এরা খুবই অসভ্য বাচ্চা, কাউকে ভ্রুক্ষেপ পর্যন্ত করে না। প্রতিদিন লুকিয়ে-লুকিয়ে বাগানে আসে, আর আম পেরে পালিয়ে যায়। আজ তো আপনাকে আহত পর্যন্ত করেছে। আপনি কি শাস্তি দেবেন ঠিক করুন, আমি দণ্ডিত করব।"

বাচ্চাদের শাস্তি প্রদানের পরিবর্তে স্বামীজীর চোখ থেকে জল পড়তে শুরু করে।

স্বামীজীকে কাঁদতে দেখে বাচ্চা দুটিও কাঁদতে শুরু করে, তারা স্বামীজীর পায়ের কাছে বসে বলে, "স্বামীজী! আমরা অপরাধ করেছি, আমরা আপনাকে আহত করেছি, তাই আমাদের অবশ্যই শাস্তি পাওয়া উচিত। দয়া করে আমাদের শাস্তি দিন, আমরা যাতে আর কোনদিন এমন ভুল না করি।"

স্বামীজী হেসে বলেন, "ভুল করে আমর মার কপালে পাথর লেগেছে, আর আমার কপাল দিয়ে রক্ত নির্গত হচ্ছে বলে, আমি কাঁদছিনা।"

বাচ্চারা অবাক হয়ে জিজ্ঞাস করে, "তাহলে আপনি কেন কাঁদছেন?"

স্বামীজী বলেন, "হে বালক, তোমরা গাছে ঢিল মারলে তো গাছ তোমাদের মিস্টি ফল দিল খাওয়ার জন্য, কিন্তু আমিকতটা অসহায়, তোমরা আমাকে ঠিল মারলে কিন্তু আমি তোমাদের কিছুই দিতে পারলাম না। তোমাদের দেওয়ার মতন কোন কিছুই আমার কাছে নেই। এই কারণেই আমি কাঁদছি, তোমরা আমাকে ক্ষমা করে দিও।"

স্বামীজীর কথা শুনে ভীত বাচ্চারা লজ্জা বোধ করে আর স্বামীজীকে ধরে কাঁদতে শুরু করে।

স্বামীজী বাচ্চাদের মাথায় হাত বুলাতে-বুলাতে বলেন, "হে বালক, চুরি করা মহাপাপ–গাছে ঢিল মেরে প্রহারকরা হিংসারই রূপ আমাকে কথা দাও, তোমরা জীবনে কখনও চুরি ও হিংসার পথ অবলম্বন করবেনা।"

স্বামীজী প্রেম, সহৃদয়তা এবং ক্ষমার মনোভাবক দেখে বাচ্চারা কেঁদেই যাচিছল। তারা স্বামীজীর পা ধরে বলে, "আমরা কথা দিচিছ, আজকের পর কখনও চুরি এবং হিংসার পথ অবলম্বন করব না।"

স্বামীজীর উপদেশ শুনে বাচ্চাদের সাথে-সাথে মালীও তাঁর পা ছুঁয়ে মাথা নত করে।

বন্ধু, এই ঘটনার থেকে কি শিক্ষা পেলেন ঃ

- সর্বদা মানুষের মনে অপরকে কিছু দেওয়ার ইচ্ছা থাকা উচিত আর যদি কাউকে 'ক্ষমা' করতে পারেন তবে তার থেকে বড় উপহার এবং দয়া আর কিছু হতে পারেনা।
- বাচ্চারা তো চঞ্চল হবেই, যদি বাচ্চাদের মধ্যে চঞ্চলতা না থাকে তবে বাচ্চা কিসের। চঞ্চল মন শৈশবে অনেক ভুল ও অপরাধ করে বসে, এটাই স্বাভাবিক। সুতরাং বাচ্চাদেরকে শাস্তি না দিয়ে তাদের বুঝিয়ে-সুঝিয়ে সঠিক পথে চালনা করা উচিত।

❑❑❑

সুযোগ হারালে, সৌভাগ্যও হারাতে হয়

বহুদিন আগেকার কথা। জঙ্গলের মধ্যে একটা সুন্দর কুয়োর পাশে এক বিরাট গাছ ছিল। এই গাছে ছিল বাঁদরদের একাধিপত্য। বাঁদদের উৎপাতের ভয়ে কোন পাখি পর্যন্ত এই গাছে বসত না।

একদিন এক মহর্ষি এবং এক রাজকুমার যখনই এই গাছের তলায় এসে বসে, তখনই বাঁদরগুলি তাদের স্বভাব অনুযায়ী উৎপাত করতে শুরু করে দেয়।

বিব্রত হয়ে মহর্ষি বাঁদরদের জিজ্ঞাসা করেন, "এত উৎপাত কেন করছো ? কোন পথিককে বিশ্রাম পর্যন্ত করতে দেবে না ? কেন ?"

বাঁদরদের সর্দার উপেক্ষার সুরে বলে, "কারণ, আমরা মানুষদের হিংসা করি। ভগবান আপনাদের কত সক্ষম কত সুন্দরকরে তৈরী করেছেন আর আমাদের কুৎসিত এবং অক্ষম।"

মহর্ষি বুঝিয়ে বলেন, "এতে ভগবানকে দোষ দিয়ে কোন লাভ নেই। যে যেমন কর্ম করে, যার মনে যেমন বিশ্বাস থাকে, সে তেমনিই ফল পায়। ভগবান প্রত্যেককে জীবন সুন্দর করে তোলার সুযোগ দেন, কেউ তা বুঝতে পারে তো কেউ পারেনা। যে সুযোগের সদ্ব্যবহার করে সে লাভবান হয়, আর যে সুযোগের সদ্ব্যবহার করতে পারেনা, সে অনুতাপ করে।"

বাঁদরদের সর্দার চিৎকার করে বলে, "আমি মানিনা ভগবান সবাইকে সুযোগ দেন, এই সব বাজে কথা।"

"মানবে কিনা, সেটা তোমার ব্যাপার।" একথা বলে মহর্ষি অন্য

আর একটা গাছের তলায় বসে, রাজকুমারকেও সেখানেই ডেকে নেয়।

সেই সময়তেই ঈশ্বর তার লীলার প্রমাণ দিয়ে দেন। একটু বাদেই আকাশবাদী হয়–"হে বানর, বানরী, কিছুক্ষণ বাদেই আকাশে একটা বিদ্যুৎ চমকাবে। সেই মুহূর্তে যে বানর বা বানরী কুয়োতে ঝাঁপ মারবে, সেই বানরসুন্দর পুরুষ এবং বানরী অপ্ররার মতন সুন্দরী হয়ে যাবে। যে বাঁনর এই জীবন থেকে মুক্তি পেতে চায়, সে এক্ষুনি এই সুযোগের সদ্ব্যবহার করুক। এই চমৎকার সুযোগ জীবনে দ্বিতীয়বার আসবে না।"

সমস্ত বানর-বানরী অবাক হয়ে যায়। সকলেরই চোখ ছিল আকাশের দিকে, মনে ছিল, অনেকগুলি প্রশ্নঃ "কোথা থেকে এই আকাশবানী হল ? কে এই ভবিষ্যবানী করল ? কেন করল ? সত্যিই এমন হবে কি ? সত্যিই কি আকাশে পবিত্র বিদ্যুৎ-এর চমক দেখা যাবে, আর কুয়োয় ঝাঁপ মারলে বাস্তবেই পুরুষ বা স্ত্রী হওয়া যাবে কি ?"

সমস্ত বানরের মনেই এই প্রশ্ন ছিল, এমন সময় আকাশে পবিত্র বিদ্যুৎ-এর চমক দেখা যায় আর সঙ্গে-সঙ্গে এক বানরী কুয়োতে ঝাঁপ মারে।

বাকি বানর বানরীরা কুয়োর থেকে তার বেরানোর অপেক্ষায় থাকে, তারা দেখতে চাইছিল আকাশবাণী সত্য না মিথ্যা।

একটু বাদেই, এক অদ্বিতীয় সুন্দরী কুয়ো থেকে উঠে আসে। এই দেখে সকলেই বিশ্বাস করে যে, আকাশবানী সত্য ছিল।

একটু পরেই সমস্ত বাঁদররা একের পর এক এই কুয়োতে ঝাঁপ দিতে থাকে, কিন্তু যখন তারা বাইরে বেরোয় তখন যে বাঁদর সে বাঁদরই ছিল। তারা পুণরায় ডুব দেয় কিন্তু, যে বাঁদর সে বাঁদরই ছিল। তারা পুণরায় ডুব দেয় কিন্তু, যে বাঁদর সে বাঁদরই থেকে যায়।

সুতরাং সকলের মধ্যেই দেখা যায় এক গভীর হতাশা। তারা

বুঝতে পারে যে, কায়া-পরিবর্তনের এই সুযোগ খুব অল্প সময়ের জন্যই এসেছিল, তা তাদের হাত থেকে চলে গেছে, এই সুযোগ জীবনে তারা আর পাবেনা।

হায়! আমরা কেন এই অভূতপূর্ব চমৎকারিত্বের লাভ গ্রহণ করলাম না। প্রত্যেকটি বাঁদর হতাশ হয়ে মাথায় হাত দিয়ে বসে পড়ে।

মহর্ষি এবং রাজকুমার এই সবই দেখছিল। তারাও আকাশবানী শুনেছিল। বাঁদরদের হা-হতাশ করতে দেখে মহর্ষি তাদের কাছে গিয়ে বলে, "এখন আফসোস করে কি হবে, আকাশবানী তো সকলের জন্যই হয়েছিল, তাহলে তোমরা সঠিক সময়ে কেন কুয়োতে ঝাঁপ মারলে না?"

বাঁদরদের মধ্যে একজন বলে উঠল, "আসলে আমাদের মনে ছিল অবিশ্বাস এবং ভয়। আসলে আমরা বিশ্বাসই করতে পারেনি যে, এমনটা হতে পারে। আর তাছাড়াও ভাবছিলাম যে, কেউ ঝাঁপ দিক, দেখি কি হয়, তারপর সুযোগের সদ্ব্যবহার করব। কি করে বুঝবো যে এই সুবর্ণ সুযোগ এক মুহূর্তের জন্যই এসেছিল।"

এবার মহর্ষি এবং রাজকুমার সেই বানরির দিকে তাকায়, সৌন্দর্য এবং নারী সুলভ লজ্জায় প্রতিমূর্তি হয়ে দাঁড়িয়েছিল। তার শরীরে রাজকীয় পোশাক এবং রত্ন ঘচিত আভূষণ ঝলমল করছিল। তাকে দেখে রাজকুমারী বলেই মনে হচ্ছিল। মহর্ষি তাকে জিজ্ঞাসা করে, "তোমার কি মনে হয়েছিল, আকাশবানী সত্যি হবে?"

আত্মবিশ্বাসের সাথে কুমারী বলে, "এটা বিশ্বাস, অবিশ্বাসের কথা নয় মহর্ষি আকাশবানীতে বল হয়েছিল, যে বানর বা বানরী এই সময়তে কুয়োতে ঝাঁপ দেবে, সে মানুষ হওয়ার সুযোগ পাবে। এটা বলা হয়নি যে, কুকুর বিড়াল বা অন্য কোন জানয়ার হয়ে যাবে। আকাশবানী শুনেই আমি ঠিক করে ফেলেছিলাম যে, এক মুহুর্তও নষ্ট না করে কুয়োতে ঝাঁপ দেব। যদি আকাশবানী সত্য প্রমাণিত হয়

তাহলে সুন্দরী মহিলা হয়ে যাব, তা না হলে বানর তো থাকবই। তাই আমি সুযোগের সদ্ব্যবহার করেছি, আর তার ফল আপনাদের সামনেই রয়েছে।"

রাজকুমারী এই সুন্দরীর কথা শুনে খুবই প্রভাবিত হয়। সে তার বুদ্ধি এবং সুযোগের সদ্ব্যবহার করার কুশলতা সম্পর্কে খুবই প্রশংসা করে এবং সঙ্গে-সঙ্গে তাকে বিয়ে করার প্রস্তাব দেয়, সুন্দরী তা হাসি মুখে স্বীকার করে নেয়। কিছুক্ষণের মধ্যেই এই সুন্দরী রাজকুমারের রথে বসে বাঁদরদের আড্ডার থেকে বহু দূরে রাজপ্রাসাদের দিকে যাত্রা করে।

বন্ধু, এই গল্প আমাদের কি শিক্ষা দেয় ঃ

- যারা সুযোগের সদ্ব্যবহার করেনা, তারা দেখতেই থাকে, আর যার সুযোগ বুঝে তার সদ্ব্যবহার করতে জানে, তার লাভবান হয়, সফলতার উচ্চ শিখরে ওঠার সুযোগ পায়।
- সুযোগ সামান্য সময়ের জন্যই আসে।
- সুযোগ এলে ভয় পাওয়ার পরিবর্ত সকলেরই ইতিবাচক সিদ্ধান্ত নেওয়া উচিত।
- যে সুযোগের সদ্ব্যবহার করে না, সে পরে অনুতাপ করে।
- জীবনে সঠিক সুযোগ গুলিকে চেনার চেষ্টা করুন। তা স্বীকার করুন এবংতার থেকে লাভবান হওয়ার চেষ্টা করুন, যাতে ভবিষ্যৎ-এ আপনাকে অনুতাপ করতে না হয়।

❑❑❑

সংকল্প শক্তির থেকে বড় কোন শক্তি নেই

একবার এক মহাত্মা তাঁর শিষ্যদের শঙ্কা দূর করার চেষ্টা করছিলেন। শিষ্যগণ তাঁকে এক-এক করে প্রশ্ন করছিলেন এবং মহাত্মা তার উত্তর দিচ্ছিলেন। তখনই এক শিষ্য জিজ্ঞাসা করেন, "গুরুদেব, বলা হয় এই পৃথিবীতে সবচেয়ে শক্তিশালী হল পাহাড়, এর চেয়েও শক্তিশালী কিছু আছে কি ?"

গুরুদেব বলেন, "হ্যাঁ, বৎস লোহা। লোহা পাহাড়ের থেকেও অনেক বেশী শক্তিশালী, কারণ লোহার কোদাল দিয়ে পাহাড় কাটা যায়।"

"তাহলে কি লোহা এই পৃথিবীতে সবচেয়ে বেশী শক্তিশালী।"

"তা কেন গুরুদেব ?"

"আগুন পারে লোহাকে গলাতে। তা পাহাড় কাটার কোদালও গলিয়ে দিতে পারে।"

"তার মানে আগুন সবচেয়ে বেশী শক্তিশালী।"

"না বৎস, আগুনের থেকেও জল বেশী শক্তিশালী, কারণ জল পারে আগুনকে শান্ত করতে।"

শিষ্যদের উৎসুকতা আরোও বৃদ্ধি পায়। তারা বলে, "গুরুদেব, জলের চেয়ে শক্তিশালী কিছু আছে ?"

গুরুদেব হেসে বলেন, "হ্যাঁ, জলের চেয়ে বেশী শক্তিশালী হল সূর্য। তা জলকেও বাষ্পে পরিণত করতে পারে।"

"এর মানে, সূর্যের চেয়ে বেশী শক্তিশালী কিছুই নেই ?"

"না বৎস, মেঘ সূর্যের চেয়েও বেশী শক্তিশালী, তা পারে সূর্যকে ঢেকে দিতে ?"

শিষ্যরা প্রচণ্ড ব্যাকুল হয়ে জিজ্ঞাসা করে, "তার মানে মেঘের থেকেও শক্তিশালী কিছু আছে ?"

"হ্যাঁ বৎস, বায়ু...বায়ু মেঘের চেয়েও শক্তিশালী, বায়ু পারে মেঘকে উড়িয়ে দিতে। এই বায়ুর জন্যই এই পৃথিবীতে প্রাণের অস্তিত্ব আছে, কিন্তু এই বায়ুর চেয়েও অনেক বেশী শক্তিশালী হল মানুষের সকল্পশক্তি। মানুষের সংকল্পশক্তি চেয়ে বড় কোন শক্তিই নেই।"

গুরুদেবের মুখ থেকে এক অসাধারণ কথা নির্গত হয়, "মানুষ সংকল্প করলে পাহাড় কেটে রাস্তা বানাতে পারে। লোহা গলিয়ে অস্ত্র-তৈরী করতে পারে। আগুনকে নিয়ন্ত্রণ করতে পারে। বায়ু ও জলের গতি পরিবর্তন করতে পারে। তাই মানুষের সংকল্প শক্তিকেই সর্বাধিক শক্তি সম্পন্ন বলে ধরা হয়, কারণ তা অসম্ভবকে সম্ভব করে দেখাতে পারে।"

এই গল্প আমাদের কি শিক্ষা দেয় ঃ

- মানুষের সংকল্প শক্তির চেয়ে বড় কোন শক্তি এই পৃথিবীতে নেই।
- পৃথিবীতে আজ পর্যন্ত যত আবিস্কার হয়েছে, তা সবই মানুষের সংকল্প শক্তিরই পরিণাম।
- বড়-বড় ইমারত, আশ্চর্যজনক কার্য, এই সবই মানুষের সংকল্পশক্তিরই সুপরিণাম।
- এই সংকল্প শক্তির জোড়েই বৈজ্ঞনিক গন মঙ্গল-চাঁদের মতন গ্রহ-উপগ্রহতেও পা রাখতে সক্ষম হয়েছে আর ভবিষ্যৎ-এ তারা সূর্যকে জয় করার জন্যও প্রস্তুত হচ্ছে।

❑❑❑

কঠোরতা ভাঙতে বাধ্য

চীনের এক মহান দার্শনিক ছিলেন কন্‌ফ্যুশিয়স। তাঁর হাজার-হাজার শিষ্য ছিল। তিনি সর্বদাই তাঁর শিষ্যকে কিছু না কিছু দেওয়ার চেস্টা করতেন। এটা সেই সময়কার কথা, যখন উনি মৃত্যুশয্যায় ছিলেন।

জীবনের এই সন্ধ্যাবেলাতেও তিনি শিষ্যদের কিছু দিতে চাইছিলেন তাইতিনি শিষ্যদের নিজের কাছে ডেকে বলেন, "বৎস, দেখতো আমার মুখের ভেতরে কি আছে ?" এই কথা বলে তিনি 'হ্যাঁ' করেন।

মুখের ভেতর খালি ছিল।

শিষ্যগণন বলে, "গুরুদেব মুখ তো খালি।"

"তোমরা দাঁত দেখতে পাচেছা ?"

"না গুরু দেব।"

"তোমরা জিভ দেখতে পাচেছা কি ?"

"আজ্ঞে হ্যাঁ, গুরুদেব, মুখের ভেতর জিভ আছে।"

"তা হলে আমার দাঁত কোথায় গেল ?"

"পড়ে গেছে।"

"আচছা, তাহলে এবার বলতো দাঁত কেন এবং কিভাবে ভেঙে গেল।"

গুরুদেবের এই প্রশ্ন শুনে শিষ্যগণ চুপ করে যায়। কি জবাব দিত তারা। সকলেই জানে বয়স হলে, দাঁত পড়ে যায়। গুরুদেব নিজেই জানতেন বয়সের কারণে দূর্বলতার জন্য দাঁত পড়ে গেছে, তাহলে

কেন এমন অদ্ভূত প্রশ্ন করছেন ?

শিষ্যদের চুপচাপ দেখে কন্‌ফ্যুশিয়স বলেন, "হে বৎস, আজ আমার মুখে দাঁত নেই। আমার জিভ জন্মের সময়তেও ছিল আর আজও আছে। জন্মবার পর প্রায় একবছর বাদে দাঁত গজিয়েছিল, কিন্তু জিভের মতন সঙ্গ দিতে পারেনি, পড়ে গেছে। কেন জানো ?"

শিষ্যগণ নমস্কার বলে, "আপনি বলুন গুরুদেব।"

কনফ্যুশিয়াস বলেন, "কারণ সে কঠোর ছিল, ক্রুর ছিল। জিভ নরম কোমল ও সহনশীল, তাই আজও তার অস্তিত্ব আছে, কিন্তু দাঁত নেই। নিজের কঠোর তার জন্যই তা পড়ে গেছে। মনে রাখো কঠোরতা সর্বদাই ভেঙে পড়ে আর নম্রতা সর্বদা বজায় থাকে। তাই, আমার শেষ শিক্ষা মনে করে এটা সর্বদা ধ্যান রেখো যে, জীবনে যতটা সম্ভব নম্র ও সহনশীল হওয়ার চেস্টা করতে হবে। কখনই দাঁতের মতন কঠোর ও ক্রুর হওয়ার চেস্টা করনা, তা হলে ভেঙে যাবে, নস্ট হয়ে যাবে।"

বন্ধু, এই ঘটনা আমাদের কি শিক্ষা দেয় ঃ

- আমাদের কখনই কঠোরতা প্রদর্শন করা উচিত না। কথাতেই বলে যে ঝোঁকে না, তা ভেঙে যায়। যদিও দাঁত জিভের পরেই মুখে আসে, কিন্তু নিজের কঠোরতার জন্য তা আগে পড়ে যায়, তাই জীবনে কখনই কঠোরতা পথ অবলম্বন করবেন না। সুখী ও দীর্ঘ জীবনের মূল ভিত্তিই হল নম্রতা।

❑❑❑

দুঃখ ভাগ করার নতুন উপায়

ছুটির ঘণ্টা বাজার সাথে-সাথেই, প্রত্যেক ছাত্র ব্যাগ নিয়ে লাফাতে-লাফাতে স্কুলের বাইরে বেরিয়ে আসে। তার মধ্যে একজন ছাত্র ছিল মধ্যম উচ্চতা সম্পন্ন ও দূর্বল শরীরের। সে দেখে, স্কুলের বাইরে একটা দিকে কিছু ছাত্র জটলা করছে সেও উৎসুকতা বশত সেদিকে যায়।

ভিড়ের মধ্যে সে যা দেখতে পায় তা দেখে তার রোম শিওরে ওঠে। একটা লম্বা-চওড়া জোয়ান বেত দিয়ে রোগা-পাতলা একটা ছেলেকে ধরে পেটাচেছ। কিছু পথচারী এবং স্কুল থেকে নির্গত কিছু ছাত্র চুপচাপ দাঁড়িয়ে সেই তামাশা দেখছে। প্রহারকারীকে আটকানোর ক্ষমতা কাউর হচেছনা, কিন্তু এই ছেলেটা সেই অন্যায় সহ্য করেত পারেনি, সে এগিয়ে গিয়ে বলে, "দাঁড়ান শ্রীমান।"

প্রহারকারীর হাত থমকে যায়। সে প্রচণ্ড রাগান্বিত চোখে সেই দিকে দেখে।

ছেলেটি খুবই নম্রতার সাথে জিজ্ঞাসা করে, "আমি জানতে চাই শ্রীমান, আপনি আর কতবার বেত মারতে চান।"

সে কর্কশ স্বরে বলে, "কি বলছো, তোমার দরকার কি ?"

"দেখুন শ্রীমান। আমি এত শক্তিশালী নই যে, ওর হয়ে আপনার সঙ্গে লড়াই করব। তবে দুঃখ কম করার জন্য আমি অবশ্যই মারের কিছুটা অংশ ভাগ করে নিতে পারি।"

"মানে ?"

"আমি চাই আপনি ওকে ছেড়ে দিন আর যত গুলি বেত মারা বাকি আছে তা আমার পিঠে মারুন। আমি ওর দুঃখ আর সহ্য করতে পাচ্ছিনা। তাই আমি ওর দুঃখ ভাগ করে নিতে চাই।" তারপর ছেলেটা একদিকে ব্যাগ রেখে এগিয়ে যায় এবং হাঁটুর উপরবল দিয়ে ঝুঁকে বলে, "নিন, আমার পিঠ হাজির। ওর ভাগের বাকি বেত আমার পিঠে মেরে আপনার রাগ ঠাণ্ডা করুন।"

প্রহারকারী যুবক স্তব্ধ হয়ে যায়। বালকের সাহস এবং সংবেদনা দেখে সে খুবই অবাক হয়ে, সে একটা গরিব ও দূর্বল ছেলের উপর অত্যাচার করছিল বলে লজ্জা বোধ করে।তার মন আত্মগ্লানিতে ভরে যায়। সে তখন বেতটা ভেঙে ফেলে দেয় এবং লজ্জায় সেখান থেকে মাথা নত করে চলে যায়।

ওখানে উপস্থিত প্রত্যেক ছাত্র এবং পথচারীর চোখে এই ছেলেটির জন্য প্রশংসা ঝলক দেখা যায়। এই ছেলেটি তখন প্রহিত ছেলেটিকেই সামলাতে ব্যস্ত ছিল।

নতুন উপায়ে অপরের দুঃখের অংশীদার হওয়া এই ছাত্র ভবিষ্যৎ-এ ইংরাজী সাহিত্যের সুপ্রসিদ্ধ কবি লর্ড বায়রণের নামে বিশ্ব বিখ্যাত হয়।

বন্ধু, এই ঘটনা আমাদের কি শিক্ষা দেয়ঃ

- আমাদের মনে যদি করুনা থাকে, দয়া থাকে, তবে আমরা বিভিন্ন উপায়ে অপরের দুঃখ ভাগ করে নিত সক্ষম হব।
- আপনার মনে যদি নম্রতা থাকে, আপনি যদি মাথা ঝোঁকাতে জানেন, তবে এতে কোন সন্দেহ নেই যে আপনি যথেস্ট শক্তিশালী লোককেও মাথা নত করতে বাধ্য করবেন।

◆ অত্যাচার হচেছ দেখে চুপচাপ থাকা উচিত নয়, কারণ যদি আপনি চুপ করে থাকেন তবে পরোক্ষ রূপে আপনিও এই অত্যাচারকে সমর্থন করছেন আর এটা ভীরুতার প্রতিক। সাহসী এবং করুণাময় ব্যক্তি নিজে কস্ট সহ্য করেও অত্যাচারের বিরোধীতা করে থাকে।

মনে রাখবেন, কাউর দুঃখ ভাগ করে নেওয়ার মতন সুখ এই পৃথিবীতে আর কিছুতে নেই।

❑❑❑

সময়ের মূল্য

অর্নেস্ট নামক এক ছাত্র সর্বদা তার ক্লাসে প্রথম স্থানাধিকার করত। ওর মস্তিস্ক ছিল খুবই সৃজনশীল। লেখার ব্যাপারওে সে যথেস্ট পারদর্শী ছিল। সে যেকোন বিষয়ের উপর লিখতে পারত, গল্প লিখতে ওর এতটুকু সময় লাগত না। অন্য বিদ্যার্থীরাও চেস্টা করত, কিন্তু আর্নেস্টের মতন সৃজনশীল লেখা তাদে কলম থেকে নির্গত হত না।

একবার স্কুলে গল্প-লেখার উপর প্রতিযোগিতা আয়োজন করা হয়। কোন বিষয়ের উপর গল্প লিখতে হবে তা বলে দিয়ে প্রত্যেক বিদ্যার্থীকে একমাস করে সময় দেওয়া হয়। প্রত্যেক প্রতিযোগিতারই নিজেদের মধ্যে প্রস্ততি নিতে শুরু করে। বেশীর ভাগ অধ্যাপক ও বিদ্যার্থীরা এই আশা করেছিল যে, পুরস্কার অর্নেস্টই জিতবে।

যে ছাত্র এক মুহূর্তে গল্প লিখে ফেলতে পারে তাকে দেওয়া হয়েছে একমাস সময়, সুতরাং সে একটু বেপরয়া হয়ে গেছিল। সে ভেবেছিল, "লিখে ফেলব, একটা অতি সাধারণ বিষয়ে গল্প লিখতে হবে, এ এমনকি বড় ব্যাপার।"

তার সহপাঠীরা তাকে জিজ্ঞাসা করলে সে বলে, "লিখে নেব, এখনও আমার হাতে বহু সময় আছে।"

অর্নেস্ট গায়ে হাওয়া লাগিয়ে ঘুরে বেরাচিছল, কিন্তু অন্যান্য প্রতিযোগিরা গল্প লিখে তা সংশোধন করার ব্যাপারে ব্যস্ত ছিল।

এই ভাবে আঠাশ দিন কেটে যায়, তখন অর্নেস্ট ঝটপট একটা গল্প

লেখে এবং স্কুলে জমা করে দেয়।

সমস্ত প্রতিযোগিরা গল্প জমা করে দেওয়ার পর সপ্তাহের শেষে গল্পের সর্বশ্রেষ্ঠ লেখককে পুরস্কার দেওয়া হবে বলে ঠিক করা হয়।

সকলেই ভেবেছিল প্রথম পুরস্কার অর্নেস্টই পাবে। কিছু ছাত্র তো তাকে অগ্রিম শুভেচ্ছাও জানিয়ে দেয়।

এক সপ্তাহ পর বিদ্যালয়ের সেন্ট্রাল হলে বিদ্যার্থীগণ ও শিক্ষকগণ জমায়ত হয়।

আর্ট টিচার সর্বশ্রেষ্ঠ গল্পের নাম ঘোষণা করে, এবং তার লেখককে মঞ্চে ডাকা হয়, কিন্তু ঘোষণা শুনে সকলেই অবাক হয়ে যায়।

সেই সর্বশ্রেষ্ঠ লেখক অর্নেস্টি নয়, অন্য কেউ।

এটা দেখে অর্নেস্ট গভীর ভাবে আহত হয়। তার মনে হয়েছিল, কেউ যেন তাকে সিংহাসন চ্যুত করে দিয়েছে। সে নিজেকে খুবই অপমানিত বোধ করে। প্রচণ্ড বিধ্বস্ত অবস্থায় সে হল থেকে বাহিরে বেরায়, এবং বাড়ী চলে আসে। তার দিকে কেউই লক্ষ্য করেনি। ছাত্রগণ এবং শিক্ষকেরা সকলেই জয়ী ছাত্রকে বাহবা দিতে ব্যস্ত ছিল।

অর্নেস্ট এই বিধ্বস্ত অবস্হাতেই বাড়ী এসে পৌঁছায়।

তার দিকে এক নজরেই সব কিছু বুঝতে পারে। সে বলে, "তোর মুখই তোর কথা বলে দিচ্ছে অর্নেস্ট। তোর চোখের জলই বলে দিচ্ছে তুই পুরস্কার পাসনি, কারণ তোর গল্প ভালো ছিল না, তাই না?"

অর্নেস্ট চুপ করে সব শোনে।

তার দিদি পুণরায় বলে, "আমি আগেই জানতাম এমনটা হবে। যে মানুষ সময়ের মূল্য দিতে জানেনা, সময়ও তাকে মূল্য দিতে জানে না। যদি তুই সময় মতন গল্পটা লিখে, কাটাকাটি করে তা সাজিয়ে গুছিয়ে নিতিস, তবে আজ তোকে এই দিন দেখতে হত না। তুই এক মাসেরকাজ দু-দিনে করেছিস, দু-দিনের মতন পরিণামই পেয়েছিস।"

অর্নেস্ট একটা কথাও বলে না, চুপচাপ শুনে যায়, কারণ ও লজ্জা বোধ করছিল।

তার দিদি স্নেহের সাথে তার মাথায় হাত রেখে বলে, "সর্বদা মনে রাখবি, এক-এক মুহূর্ত সময়ও বহু-মূল্যবান। আজ যে অসফলতার মুখ দেখেছিস, তাকে একটা শিক্ষা বলে মনে কর। ভবিষ্যৎ-এ এমন ভুল আর কখনও করিস না।"

বন্ধু, দিদির এই শিক্ষাই অর্নেস্টের চোখ খুলে দেয়। এই ঘটনা তাকে এতটাই আঘাত করেছিল যে সে সময়কে দেবতার জ্ঞানে পূজো করতে শুরু করে এবং ভবিষ্যৎ-এ এই অর্নেস্টই বিশ্ববিখ্যাত সাহিত্যিক অর্নেস্ট হেমিঙ্গভে নামে পরিচিত হয়। শুধু তাই নয়, সে বিশ্বের সবচেয়ে বড় পুরস্কার 'নবেল পুরস্কার' ও লাভ করে।

এই ঘটনা আমাদের কি শিক্ষা দেয় ঃ

- কখনও অযথা সময় নস্ট করবেন না।
- কখনই আজকের কাজ কালকের জন্য ছেড়ে দেবেন না।
- জীবনের অসফলতাকে একটা শিক্ষা হিসাবেই গ্রহণ করুন।
- ভুল সকলেই করে, কিন্তু মানুষের উচিত এই ভুলের থেকে শিক্ষা গ্রহণ করা এবং তা শুধরে নিয়ে ক্রমাগত এগিয়ে চলা।

গঙ্গাপারের তরমুজ

একটা ছেলে তার মায়ের সাথে গঙ্গার ধারে থাকত। শৈশবেই সে তার পিতাকে হারিয়েছিল। জীবন অতিবাহিত করার জন্য এই বালক ফল বিক্রী করত।

সেই সময় গরম কাল চলছিল। এই ছেলেটা খুব ভোরে গঙ্গার ধারে গিয়ে তরমুজ কিনে আনত এবং পাশেরই একটা গ্রামে যেত বিক্রী করতে সে পথে-পথে ঘুরে তরমুজ বিক্রী করত, "তরমুজ নাও, তরমুজ।"

তার মতন আরো অনেকই পথে-পথে ঘুরে তরমুজ বিক্রী করত। প্রচণ্ড প্রতিযোগিতা ছিল।

তার দুর্ভাগ্যই হোক বা অন্য কিছু, গত তিন দিন ধরে তার একটাও তরমুজ বিক্রী হয়নি। তাই হতাশ হয়ে সে ফেরি বন্ধ করবে বলে ঠিক করে।

তার মা তার হতাশার কথা বুঝতে পেরে বলে, "বাবা! আমি জানি গত তিন দিন ধরে তোর একটাও তরমুজ বিক্রী হয়নি তাই তুই খুবই হতাশ হয়ে পড়েছিস। আমার একটা কথা শোন। যে হতাশ হয়ে পড়ে, সে আশা ছেড়ে দেয়, জানবি সে নিজেই নিজের পায়ে কুড়ুল মারছে।"

"আমি কি করব মা," বলে বালকের চোখে জল চলে আসে।

দুঃখের সাথে বালক বলে, "আমি কত চেষ্টা করি। চিৎকার করতে করতে ক্লান্ত হয়ে যাই, তরমুজ নাও তরমুজ নাও, কিন্তু তিন দিন ধরে বোওনি পর্যন্ত হয়নি।"

"তুই আমাকে একটা কথা বল তো, তোর তরমুজে এমন কোন বিশেষত্ব আছে কি যার জন্য লোকেরা তোর থেকে তরমুজ কিনবে। যেম তোর তরমুজ, তেমনিই অন্যদের তরমুজ। আবার, বিক্রী না হওয়ার জন্য তোর উৎসাহও কমে গেছে, তোর গলার স্বরে আগের মতন দৃঢ়তা পর্যন্ত নেই।" মা বুঝিয়ে বলে, "বাবা, তরমুজের বিশেষত্বের কথা বলে বিক্রী করে,অবশ্যই তোর তরমুজ বিক্রী হবে।"

বালক উৎসাহিত হয়ে বলে, "আমার তরমুজে একটা বিশেষত্ব তো আছে মা।"

"কি বিশেষত্ব আছে ?"

"আমার তরমুজ গঙ্গাপারের, খেতে গঙ্গার জল দেওয়া হয়।"

"লোকেরা একথা জানে ?"

"না মা।"

"লোকেরা জানে না যে, তোমার তরমুজ গঙ্গা পারের, তারা জানে না যে, ক্ষেতে গঙ্গার জল দেওয়া হয়, তাহলে কেন লোকে তোমার তরমুজ নেবে ?"

হঠাৎ করে ছেলেটা উঠে দাঁড়ায় এবং উৎসাহের সাথে বলে, "আমি বুঝেছি মা... তুমি কি বলতে চাইছো।"

তখনই সে নিজের ঠেলা গাড়ী সাজিয়ে গ্রামের দিকে রওনা হয়। তার মধ্যে ছিল নতুন উৎসাহ, নতুন দৃঢ়তা। গ্রামের প্রধান রাস্তায়

ঢুকে সে চিৎকার করতে শুরু করে, "তরমুজ নাও, তরমুজ, গঙ্গার জলে পরিপুস্ট ঠাণ্ডা-ঠাণ্ডা তরমুজ, গঙ্গা পারের উপহার...." সে দৃঢ়তার সাথে চিৎকার করতে থাকে এবং গ্রাহকরা তার দিকে আকর্ষিত হয়।

তরমুজের বিশেষত্ব জানার পর সঙ্গে-সঙ্গে তার তরমুজ বিক্রী হতে শুরু করে এবং দেখতে-দেখতে তার ঠেলা পুরো খালি হয়ে যায়।

বন্ধু, এই গল্পের থেকে আমরা নিম্নোক্ত শিক্ষা পাই

- কেউই নিজের থেকেই জানতে পারবে না যে আপনি কতটা যোগ্য, বা আপনার ভেতরে কতটা বা কি প্রকার বিশেষত্ব আছে, আপনাকে লোকেদের তা জানাতে হবে। ভালো পরিণাম পাওয়ার প্রথম ও শেষ শর্ত হল, আপনার কথার সততা–অর্থাৎ তরমুজটা যেন গঙ্গ াপরেরই হয়। তবেই আপনার কণ্ঠে থাকবে আত্মবিশ্বাস, এবং তার ফলেই আপনি সামনের লোককে প্রভাবিত করতে পারবেন। যদি 'আপনার তরমুজ' কোন নর্দমার পাশে ফলে আর আপনি সেটিকে গঙ্গা পারের বলে বিক্রী করতে চান, তবে আপনার কণ্ঠে সেই আত্মবিশ্বাস, সেই দৃঢ়তা এবং সেই চেস্টা কখনই থাকবে না, যেমনটা হওয়া উচিত।
- বর্তমান যুগ বিজ্ঞাপনের যুগ, আপনি নিজের যোগ্যতার বা নিজের প্রোডাক্টের বিজ্ঞাপন না করলে কখনই সফলতার উচ্চ শিখরে পৌঁছাতে পারবেন না। আপনাকে নিজের যোগ্যতা প্রোডাক্টের প্রচার করতেই হবে।

◆ কখনই হতাশ হবেন না। যত খারাপ অবস্থাই আসুক না কেন, আশার প্রদীপ সর্বদা জ্বালিয়ে রাখবেন। এই আলোই আপনাকে সফলতার দিকে এগিয়ে নিয়ে যাবে।

মনে রাখবেন–আশাই জীবন এবং নিরাশা মৃত্যু।

❑❑❑

আঘাত খেলে পাথরকে পূজা করে

কোন এক স্থানে শ্বেত পাথর নির্মিত এক বিরাট ও সুন্দর মন্দির ছিল। শ্বেত পাথর ছাড়া ওখানে আর কোন পাথরই ব্যবহার করা হয়নি। মন্দিরে যে দেবতার মূর্তি ছিল সেটাও ছিল শ্বেত পাথরের।

ভক্তরা আসত, মন্দির প্রাঙ্গনে জুতো ছেড়ে, ভেতরে গিয়ে ফল-ফুল, ধূপ-প্রদীপ দিয়ে ভগবানের পূজা করে, শ্রদ্ধার সাথে তার পায়ে মাথা ঠেকাত।

মন্দির প্রাঙ্গনে যেখানে লোকে জুতো ছাড়তো, সেখানকার শ্বেত-পাথর এই সব দেখে খুবই দুঃখ পেত। সে ভাবত–"ঈশ্বরের একি অন্যাই বিচার, আমিও শ্বেত পাথর আর এই মূর্তিও শ্বেত পাথরের। আমার মুখে ভক্তরা জুতো ছাড়ছে আর ভগবান রূপে স্থাপিত এই শ্বেত পাথরকে শ্রদ্ধার সাথে পূজা করছে, কেন আমার সাথে এমন অবিচার ?"

একদিন রাতে মন্দির জনমানব শূন্য হওয়ার পর প্রাঙ্গনের শ্বেত পাথর উঠে শ্বেত পাথরের মূর্তির সামনে গিয়ে হাজির হয় এবং অত্যন্ত রেগে গিয়ে বলে, "তোমার ভাগ্য দেখে আমার খুবই হিংসা হয়।"

মূর্তির শ্বেত পাথরটি হেসে বলে, "কেন ভাই, আমরা তো একই জাতির, কেন আমাকে মিছে হিংসা করছো।"

প্রাঙ্গনের শ্বেতপাথরটি বলে, "এটাই তো আমার হিংসার কারণ, আমরা যখন একই জাতির তাহলে ঈশ্বর কেন এই ভেদাভেদ করলেন,

ভক্তরা আমার বুকে পা দিচ্ছে, আমার মুখে জুতো খুলছে, আর তোমাকে ধূপ-দীপ দিয়ে পূজো করছে, শ্রদ্ধার সাথে তোমার পায়ে মাথা ঠেকাচ্ছে, কেন এমনটা হবে?"

শ্বেত পাথরের মূর্তী হেসে বলে, "দেখো বন্ধু এতে কোন ভেদাভেদ নেই, এটাই এই পৃথিবীর নিয়ম, যে যত বেশী দুঃখ-যন্ত্রণা সহ্য করে, যে যত বেশী সংঘর্ষ করে, সে ততবেশী সুখ পায়। শিল্পী কত হাতুরির আকার সহ্য করে আমার এই রূপ তৈরী হয়েছে তুমি অনুমান করতে পার। মাসের পর মাস ধরে ছেনি-হাতুরির আঘাত সহ্য করতে-করতে আমার শরীর ঝালা-ফালা হয়ে গেছে, তারপর তৈরী হয়েছে আমার এই সুন্দর রূপ, তবেই আজ আমার পূজা হচ্ছে। যদি আজ তুমিও আমার মতন আঘাত সহ্য করে এই রূপ পেতে, তবে আজ অবশ্যই এই মন্দিরে তোমারও পূজো হত।"

প্রাঙ্গনের শ্বেত পাথর চুপ করে নিজের স্থানে গিয়ে বসে পরে।

আসলে ওর মধ্যে আঘাত সহ্য করার পর হাসার মতন ক্ষমতাই ছিল না।

বন্ধু, আমাদের মধ্যে এমন বহু লোক আছে যারা কোনরকম পরিশ্রম না করে, কোন রকম সংঘর্ষ ছাড়াই, কোন রকম বাধার সম্মুখিনতা না করে অর্থাৎ হাত-পা না নারিয়েই বহু কিছু পেতে চায়। এই ধরণের লোকেরা প্রাঙ্গনের শ্বেত পাথরের মতনই অন্যের উন্নতি দেখে, হিংসায় জ্বলে ওঠে, কিন্তু এরা আঘাত খেতে প্রস্তুত নয়। এই ধরণের লোক কখনই জীবনে সফলতার স্বাদ আস্বাদন করতে পারেনা।

এই গল্প আমাদের কি শিক্ষা দেয়

- মাথার মুকুট বানানোর জন্য সোনাকেই আগুনে পোড়ানো হয়।
- জীবনে সফল হওয়ার জন্য আগে সুখ বিসর্জন দিয়ে ঘোরতর সংঘর্ষ করতে হয়, তবেই সফলতার মিষ্টি ফল আস্বাদন করার

সুযোগ পাওয়া যায়।

- মন্দিরে পূজার যোগ্য হয়ে ওঠার জন্য পাথরকেও আঘাত সহ্য করতে হয়।
- যত সমস্যা, যত বাধা-বিঘ্নই আসুক না কেন, তাতে কখনই ঘাবরাবেন না, কখনই বিচলিত হয়ে লক্ষ্যের থেকে এক চুল সরবেন না, যে কোন মূল্যে সংঘর্ষ চালিয়ে যান। কারণ, আজ নয়তো কাল আপনি অবশ্যই জয়ী হবেন।

❑❑❑

শত্রুতা শেষ করলে, শত্রুও ধ্বংস হয়ে যায়

এটা সেই সময়কার কথা, যখন আমেরিকাতে জ্বলছিল গৃহ যুদ্ধের আগুন।

এই সংকটের সময় আব্রাহাম লিংকন ছিলেন রাষ্ট্রপতি।

পুরো দেশ দুটো ভাগে বিভক্ত ছিল এবং চতুর্দিকেও গৃহ-যুদ্ধের বিভীষিকা ছরিয়ে পরেছিল।

দুই পক্ষের হাজার হাজার সৈনিক ঘায়েল হয়েছিল, চিকিৎসকদের শিবিরে চলছিল তাদের সেবা।

সরকারের সমর্থক এবং বিদ্রোহী, দুই পক্ষই ছিল লিংকনের দুটি চোখের মতন। আহত সৈনিকদের অবস্থা জানার জন্য তিনি চিকিৎসকদের শিবিরে যাবেন বলে ঠিক করেন এবং সরকারের সমর্থকরাও আহত সৈনিকদের দেখতে পৌঁছান। তাদের অবস্থার কথা জিজ্ঞাসা করেন এবং শীঘ্র তাদের আরোগ্যর কামনা করেন, সেই সঙ্গে মন খুলে তাদের রাষ্ট্রপতির প্রশংসা করেন।

তার পাশেই ছিল অন্য আর একটি শিবির, সেখানে বিদ্রোহী সৈনিকদের চিকিৎসা চলছিল।

লিংকন প্রথম শিবির থেকে বেরিয়ে দ্বিতীয় শিবিরের দিকে এগিয়ে যান।

এক সৈন্যধিপতি তাঁকে যেতে বারন করে বলে, "স্যার! আপনি ওখানে যাবেন না, ওটা বিদ্রোহি এবং শত্রু সৈনিকদের শিবির।"

লিংকন এই সেনাধিপতিকে দেখে এক দীর্ঘ নিঃশ্বাস ফেলে বলেন,

"আমি জানি।"

এই কথা বলে লিংকন এগিয়ে যান।

তিনি শত্রুদের শিবিরে বেশ কিছুক্ষণ সময় কাটান। সেখানে তিনি আহত বন্দীদের অবস্থার কথা জিজ্ঞাসা করেন। তাদের চিকিৎসা এবং খাওয়া-দাওয়া ঠিক হচেছ কিনা সেদিকেও দেখেন। তাদের আরোগ্য কামনা করেন। শুধু তাই নয়, তাদের প্রত্যেকের সাথে স্নেহপূর্ণ ব্যবহার করেন।

রাষ্ট্রপতির এমন ব্যবহার দেখে বন্দী সৈনিকরা আশ্চর্য হয়ে যায়। রাষ্ট্রপতির মুখ থেকে তাদের আরোগ্যের কামনাশুনে খুশীতে গদগদ হয়ে যায়, কিন্তু বাইরে রাষ্ট্রবাদী প্রজাদের মধ্যে বিরাজ করছিল এক মানসিক অশান্তি–

'শত্রু-সৈনিকদের শিবিরে রাষ্ট্রপতি কেন গেলেন ?'

"উনি শত্রু-সৈনিকদের প্রতি এত কেন স্নেহ দেখাচেছন ?"

"যাদের দণ্ড দেওয়া উচিত, যেন তাদের জন্য শুভেচ্ছা কামনা করছেন ?"

"শত্রুদের তো শেষকরে দেওয়া উচিত।"

কিছুক্ষণ বাদে রাষ্ট্রপতি ক্যাম্পের বাইরে বেরান, কিন্তু উপরোক্ত কথা গুলিওনাকে কে বলবে, কাউর সাহসই হচিছল না।

হঠাৎ এক বৃদ্ধা রাষ্ট্রপতির সামনে এসে উপস্থিত হয়। তার মুখে রাগে থমথম করছিল। সে সরাসরি প্রশ্ন করে, "তুমি কেন শত্রুদের সাথে এত স্নেহপূর্ণ ব্যবহার করছিলে ? ওরা আমাদেরর শত্রু, দেশের শত্রু ঔষুধের পরিবর্তে ওদের বিষাক্ত ইনজেকশান দিয়ে মেরে ফেলা উচিত।"

লিংকন হেসে বলেন, "কাদের শেষ করে দেব, শত্রুকে নাকি শত্রু তাকে ?"

বৃদ্ধা বলে, "শত্রুদের, শত্রু না থাকলে শত্রুতাও থাকবে না।"

"যদি শত্রুতা শেষ হয়ে যায়, তবে শত্রু থাকবে না।"

"যদি শত্রুতা শেষ হয়ে যায়, তবে শত্রু থাকবে কি করে মা। আমি স্নেহপূর্ণ ব্যবহার করে শত্রুতা শেষ করে দেওয়ার" চেস্টা করছি। শত্রুতা শেষ হয়ে গেলে, শত্রু আপনার থেকেই শেষ হয়ে যাবে।"

লিংকনের এই উত্তর শুনে বৃদ্ধার বলার মত কিছুই ছিল না। শুধু তাই নয়, লিংকনের কথা শুনে অন্যদের ঘৃণাও প্রেম, আত্মিয়তা, ও করুণায় রূপান্তরিত হয়।

এই ঘটনা আমাদের কি শিক্ষা দেয় ঃ

- এই পৃথিবীতে কেউ কাউর শত্রু নয়, শুধুমাত্র দৃস্টিভঙ্গীর পার্থক্য, বিচার-বিবেচনার পার্থক্য, আরএই পার্থক্যই এক বিরাট পাঁচিলের সৃস্টি করে। যদি স্নেহের সাথে, ভালোবাসার সাথে আপনি শত্রুদের বুঝিয়ে নিজের পক্ষে করে নিতে পারেন, তবে শত্রুতা নিজের থেকেই শেষ হয়ে যাবে।
- যখন দৃস্টিভঙ্গী এক হয়ে যায়, তখন না শত্রু থাকে আর না শত্রুতা।
- স্নেহের দ্বারা চরম শত্রুতাকেও নির্মূল করা যায়।
- শত্রুতাকে ধ্বংস করলে, শত্রু আপনার থেকেই শেষ হয়ে যাবে।

❑❑❑

নিয়ম কানুন সবার জন্য

ভারতের তৎকালীন প্রধানমন্ত্রী শ্রী লালবাহাদুর শাস্ত্রী যে কেবল পবিত্রতার প্রতিমূর্তি ছিলেন তাই নয়, আইন-কানুনের ব্যাপারেও তিনি ছিলেন চরম নিষ্ঠাবান। বলা হয় যে তিনি প্রধানমন্ত্রী হওয়ার পর তাঁর ছেলে যে সরকারি বিভাগে কাজ করত, সেখানে তাকে পদোন্নতি করিয়ে উঁচু পদে বসিয়ে দেওয়া হয়। শাস্ত্রী জী এই কথা জানারপর এই বিভাগের উচ্চপদস্থ অফিসারকে ডেকে জিজ্ঞাসা করেন, "আমার ছেলে হঠাৎ করে এমন উচ্চ পদ কিভাবে পেল, ও এই পদের যোগ্য কি ? যদি এই পদের যোগ্যই ছিল, তাহলে আগে কেন এই পদ পাইনি ?"

অফিসার বলে, "আজ্ঞে, ও আপনার ছেলে।"

"তাতে কি হল ?"

"প্রধান মন্ত্রীর ছেলে ছোট একটা পদে থাকবে, সেটা কি করে হয় ?"

"প্রধান মন্ত্রীর ছেলে উচ্চ পদে বসবে, সে এই পদের যোগ্য না হলেও বসবে, এটা কি সম্ভব ? কোন ব্যক্তি শুধুমাত্র এই কারণে উচ্চ পদ পাচ্ছে কারণ তার বাবা প্রধানমন্ত্রী, সেটা ঠিক কি ? আপনি ওকে ওর পুরানো পদেই রাখুন। যখনও উচ্চ পদের যোগ্য হয়ে যাবে, তখন ও আপনার থেকেই এই পদ পেয়ে যাবে।"

অফিসার শাস্ত্রী জীর আদেশ মানতে বাধ্য হয়। সেই সাথে শাস্ত্রী জীর কাছে পুত্র স্নেহের থেকে নিয়ম কানুন অনেক বেশী বড়, এই

দেখে সে তাঁর সামনে মাথা নত করতে বাধ্য হয়।

এই ধরণের আরকেটা ঘটনা শাস্ত্রী জীর জীবনে ঘটেছিল, সেই ঘটনাটি হল ঃ

সেই সময়কার কথা, যখন শাস্ত্রীজীর উত্তর প্রদেশ সরকারের গৃহমন্ত্রী ছিলেন।

একদিন শাস্ত্রীজীর এক ঘনিস্ট বন্ধু সকাল-সকাল তার বাড়ীতে এসে উপস্থিত হয়।

চা-জল পানের পর শাস্ত্রী জী তাকে আসার কারণ জিজ্ঞাসা করলে সে বলে, "শাস্ত্রীজী, শুধুমাত্র হাফ ইঞ্চি উচ্চতা কম হওয়ার জন্য আমার ছেলে দারগার পদ পাইনি। আপনি গৃহমন্ত্রী, যদি একটু ইশারা করে দেন তবে আমার ছেলের কাঁধে দুটো স্টার জ্বল-জ্বল করবে।"

শাস্ত্রীজী ধৈর্য্যের সাথে তাঁর কথা শোনেন, ওনার স্বভাবানুসারে অত্যাধিক শান্ত স্বরে বলেন, "বন্ধু, আপনার ছেলের উচ্চতা কম হলে কখনই ও এই পদ পেতে পারে না। নিয়ম সবার জন্য সমান।"

এত স্পস্ট ভাবে উনি না করে দেন যে ওনার বন্ধুর খুবই খারাপ লাগে। সে রাগান্বিত স্বরে বলে, "আপনার উচ্চতা তো প্রয়োজনের তুলনায় খুবই কম, তা সত্ত্বেও আপনি গৃহমন্ত্রী হয়ে বসে আছেন, আর আমার ছেলের উচ্চতা মাত্র হাফ ইঞ্চি কম বলেও দারোগা হতে পারবে না। এটা অন্যায় শাস্ত্রীজী।"

"না, এটা অন্যাই নয়, এটাই নিয়ম... আর নিয়ম-কানুন সকলের জন্য সমান।" মুখে একটা সহজ হাসি এনে শাস্ত্রী জী বলেন, "আপনার বোঝা উচিত যে, পুলিশ একটা ফোর্স এবং তাতে ঢোকার ব্যাপারে কিছু নিয়ম-কানুন পালন করতে হয়, আর আমি একজন জন সেবক, জনসেবক যে কেউ হতে পারে। আপনার পুত্র জন সেবা করলে, সেও কালকে গৃহমন্ত্রী হতে পারবে, আমার শুভ কামনা

রইল।"

বন্ধু, এই ঘটনা আমাদের কি শিক্ষা দেয় ঃ

- মহান সেইই হয়, যার বিচার মহান হয়।
- উচ্চ পদ লাভ করেও যার ভেতরে অহংকার আসেনা, যে শুধু নিজের স্বার্থ দেখেনা, যে আদর্শ নিয়ে বেঁচে থাকে, যার নিজস্ব কিছু মতামত থাকে, ইতিহাস তাকেনিজের অংশ করে অমর করে রাখো।
- পরিস্হিতি যতই প্রতিকূল হোক বা ধর্ম সংকট এসে উপস্হিত হোক, ব্যক্তির কখনই নিজস্ব সিদ্ধান্তের ব্যাপারে বোঝাপড়া করা উচিত না।
- নিয়ম-কানুন সকলের জন্য সমান, তাই সর্বদা তার সম্মান করুন।

❑❑❑

বদোভ্যাস নিজেই ধরে আছেন, কিন্তু বলেন–যেতে চায়না

কোন এক দিনের কথা। পরম বিদ্বান এবং গান্ধিবাদী আচার্য ভিনোবা ভাবে জী নিজের আশ্রমে বসে ছিলেন। তখনই এক ব্যক্তি তাঁর কাছে এসে বলেন, "আচার্যজী, আমি খুবই দুঃখে আছি, আমায় উদ্ধার করুন।"

আচার্য জী জিজ্ঞাসা করেন, "তোমার কিসের কষ্ট?"

"মদ আমার পিছন ছারে না। দয়া করে এমন কোন উপায় বলে দেন যাতে আমি মদের হাত থেকে রেহাই পেতে পারি।"

ঠিক আছে, "আচার্য বিনোবা ভাবে পুঙ্খানু-পুঙ্খ ভাবে তাকে নিরক্ষণ করে বলেন, তুমি কাল এসো, আশ্রমের প্রাঙ্গণে এসে আমাকে বাইরে থেকেই ডেকো, আমি তোমাকেপথ বলে দেব।"

"ঠিক আছে আচার্য মশাই।" অভিবাদন জানিয়ে লোকটি চলে যায়।

দ্বিতীয় দিন সে আসে, আর প্রাঙ্গনে দাঁড়িয়েই আচার্য মহাশয় কে ডাকে, "আমি এসে গেছি এ আচার্য মশাই।"

ভেতর থেকে কোন উত্তর আসেনা।

সে পুনরায় ডাকে, "আচার্য মশাই... আচার্য মশাই..."

"আরে দাঁড়াও, আসছি," কুটীর ভেতর থেকে আচার্য মহাশয়ের কণ্ঠ শোনা যায়।

সে প্রতীক্ষা করতে থাকে।

অনেক দেরী হয়ে যায় কিন্তু আচার্য মহাশয় আসেন না, তাই সে পুণরায় ডাকে, "আচার্য মশাই, আপনি কেন বাইরে আসছেন না।"

"চেস্টা করছি, কিন্তু কি করি, এই থামটা আমাকে কিছুতেই ছাড়ছেন না।"

এই ব্যক্তি আশ্চর্য হয়, কোন প্রাণহীন থাম কাউকে কি ভাবে ধরে রাখতে পারে। সে সমস্যায় পড়ে যায়, "আচার্য মশাই, আপনি কি বলছেন ?"

"সত্যি বলছি, থামটা ধরে রেখেছে, ছাড়ছেই না।"

"আচার্য মশাই, থাম কাউকে কি ভাবে ধরে রাখতে পারে।"

"আমাকে ধরে রেখেছে, বিশ্বাস হচ্ছেনা, তো ভেতরে এসো দেখো।"

এই ব্যক্তি অতি দ্রুত ভেতরে এসে দেখে, আচার্য মহাশয় নিজেই থামটি জরিয়ে ধরে বসে আছেন। এই ঘটনা দেখে সে হেসে বলে, "আপনিও পারেন, থাম কোথায় আপনকে ধরে আছে, আপনিই তো থামটি ধরে বসে আছেন। আপনি ছাড়ুন, তবেই তো ছাড়া পাবেন।"

আচার্য মশাই সঙ্গে-সঙ্গে থামটি ছেড়ে দেন। হেসে উঠে যান ও নিজের স্হানে গিয়ে বসেন।

মাতাল ব্যক্তিটি জিজ্ঞাসা করে, "আচার্য মশাই, দয়া করে উপায় বলে দিন, যাতে আমি ছাড়া পেতে পারি।"

বিনোবাজী হেসে বলেন, "তুমি এখনও বোঝনি ? থামটি আমাকে ধরে রাখেনি, আমি থামটিকে ধরে রেখেছিলাম, সেরকম মদ তোমাকে ধরে রাখেনি, তুমি মদ ধরে রেখেছো। আমি যেভাবে থামটা ছেড়েছিলাম, তুমিও সেভাবে মদ ছেড়ে দাও।"

এই দিনেরপর এই ব্যক্তি আর কখনও মদ ছুঁয়ে দেখেনি।

বন্ধু, এই ঘটনা আমাদের কি শিক্ষা দেয় ঃ

- বদোভ্যাস মানুষ নিজেই ধরে রাখে, আর মুখে বলে অমুক অভ্যাস আমাকে আস্টেপিস্টে বেঁধে ফেলেছে।
- যতক্ষণ না আমরা নিজেরা বদোভ্যাস ত্যাগ করার চেস্টা করব, ততক্ষন আমাদের বদোভ্যাস দূর হবে না।
- আমাদেরকেই বদোভ্যাস ত্যাগ করার চেস্টা করতে হবে।

❑❑❑

পূর্ণ বস্তু কে পূণ করা যায় কি ?

এক মস্ত বড়, সকলের সমস্যা সমাধানকারী সাধু ছিলেন। সে ছিল খুবই সহজ সরল প্রকৃতির। বহু দূরের লোকেরাও তার কীর্তির কথা জানত। লোকেরা শ্রদ্ধার সাথে তার কথা শুনত, তাকে পূজো করত। কিন্তু কথায় বলে না যা সরলনয়, তা সমস্যা বিহীনও নয়। সমস্যা বিহীন নয়, অর্থাৎ তা জটিল।

কিছু লোক তর্ক শাস্ত্রের ব্যাপারে খুবই পটু হয়। অপরের পরীক্ষা নেওয়া, কোন দুর্বলতা খুঁজে বার করা, নিজেদের তর্কের দ্বারা তার তুলনায় তাকে মহৎ প্রমাণ করা এই সবই জটিল লোকেদের কাজ।

এই ধরণেরই এক তর্কবিদ আসে সাধুর কাছে এবং বলে, "জ্ঞান পাওয়ার আশাতেই আমি আপনার কাছে এসেছি।"

সাধু খুবই গভীর দৃষ্টিতে সেই ব্যক্তিকে দেখে। এক পলকেই দিব্য-দৃষ্টির দ্বারা তার ভেতর-বাহির সব দেখে নেয়, সবকিছু বুঝে নিয়ে বলে, "জ্ঞান অর্জন করতে চাও ?"

"আজ্ঞে হ্যাঁ, এমনিতে আমার সারা বিশ্ব সম্পর্কে জ্ঞান আছে, কিন্তু আমি এটা জানতে চাই যে আপনার কাছে এমন কি আছে, যা আমি জানিনা, আমি সেই জ্ঞানই অর্জন করতে এসেছি।"

সাধু জিজ্ঞাসা করে, "ঠিক আছে, জ্ঞান অর্জন করতে চাও, কোন পাত্র এনেছো ?"

"কি ধরণের পাত্র ?"

সাধু জিজ্ঞাসা করে "জ্ঞান কিসে নেবে ?"

"জ্ঞান তো হৃদায়ঙ্গম করা বস্তু, তা মানুষ তো মানুষ মনে ধারণ করে। তার জন্য পাত্রের কি প্রয়োজন।"

"ঠিক আছে, আসো, আগে জলটল খাও।" সাধু তার শিষ্যকে কিছু বিশেষ সংকেত দেয়।

শিষ্য দুটি গ্লাস আরএক জগ সরবৎ নিয়ে হাজির হয়। যে দুটি গ্লাস সে এনেছিল, তার মধ্যে একটা গ্লাস আগে থেকেই ভর্তি ছিল, তাতে ছিল সাধাণর জল। এই সাধারণ জলটার মধ্যে একটু নোংড়া ছিল।

সাধু জগটি নিয়ে এই জল পূর্ণ গ্লাসেই সরবৎ ঢালতে শুরু করে। সেই সাথে জ্ঞানের অভিলাষী এই তার্কিককে বলে, "জ্ঞান বড় দুর্লভ বস্তু, তা পাওয়া খুবই কঠিন তাই বেশীর লোকই তা অর্জন করতে চায় না। আজ পর্যন্ত যত লোক আমার কাছে এসেছে তারা সকলেই ধন ও পদের লোভেই এখানে এসেছে। তুমি জ্ঞানের পিপাসা নিয়ে এখানে এসেছো, তুমি সত্যিই ধন্য।"

তার্কিক বলে, "এটা আপনি কি করছেন। যা ভর্তি আছে সেটাকেই ভরার চেস্টা করছেন? দাঁড়ান, দেখুন সব সরবৎ নস্ট হচেছ। আপনি এটা পর্যন্ত দেখলেন না যে, যে গ্লাসে সরবৎ ঢালছেন তাতে আগে থেকেই নোংড়া জল রয়েছে।"

সাধু চমকে গিয়ে বলে, "আরে...আরে।" সে ঢালা বন্ধ করে সরবৎ-এর পাত্র নিচে নামিয়ে রাখে।

"এটা আপনি কি করছিলেন, নোংড়া জলেই সরবৎ ঢালছিলেন?"

সাধু হেসে বলে, "ঢালা উচিত হয়নি না?"

"একদম না। যা ভর্তি আছে সেটাকে আপনি কিভাবে ভর্তি করবেন?"

"আরে জ্ঞানের জন্য পিপাসিত অতিথি। আমিও তোমাকে এটাই বোঝাতে চাইছি যে, পূর্ণ হৃদয়কে আমি কিভাবে পূর্ণ করব।" মুখে স্নিগ্ধ হাসি নিয়ে সাধু কথা গুলি বলে।

পুণরায় বলে, "এই গ্লাস নোংড়া জলে পূর্ণ ছিল আর আমি তাতে সরবৎ ঢালার চেস্টা করছিলাম, তোমার মতে আমি ভুল করছিলাম। যে পাত্রে তুমি জ্ঞান নিতে এসেছো, সেই পাত্র আগে থেকেই বিকারে

পূর্ণ, তাতে কি জ্ঞানের সরবৎ ভরা যায় ? তুমি নিজেই বলছো যে, এটা মূর্খামি পরিচয়। বলতো, কি ভাবে তোমার মনকে জ্ঞান দ্বারা পূর্ণ করতে পারি ? যেটা বিষাক্ত, বিকার গ্রস্থ, যেখানে ঈর্ষা আর দ্বেষ ছাড়া কিছু নেই, যেখানে ঘৃণা ও অহংকার আছে, এই মনে পাত্র তুমি জ্ঞান দ্বারা পূর্ণ করার জন্য আমার কাছে এসেছো ? আমি কি আপনাকে তা দিতে পারব ? না, তা কখনই সম্ভব না। একবার এদিকে দেখো।" সাধু পুণরায় সরবৎ-এর জগ তুলে খালি গ্লাসে ঢালে এবংতা সহজেই পূর্ণ হয়ে যায়।

সাধু বলে, "যতক্ষন না পাত্র খালি হবে, ততক্ষন পর্যন্ত তাতে জ্ঞানরূপী সরবৎপূর্ণ করা সম্ভব না। এখন তুমিই বলে, পূর্ণ পাত্রকে কিভাবে পূর্ণ করব ?"

যে তার্কিক সাধুকে নিচু করার চেষ্টায় এসেছিল, তার নিজেরই মাথা লজ্জায় নীচু হয়ে যায়।

এই গল্প আমাদের এই শিক্ষা দেয় যে ঃ

◆ কিছু লোক ভাবে যে তারা সব জানে আর তাদের এই ভ্রমণই তাদের এগিয়ে চলার পথে বাধার সৃষ্টি করে।

◆ যদি কিছু পেতে চান, কিছু শিখতে চান, কিছু জানতে চান, তবে সবার আগে নিজের মনরূপী পাত্রকে পরিস্কার করে খালি করুন। বিষয়-বিকার, রাগ, দ্বেষ, অহংকার প্রভৃতি মনের মধ্যে রেখে কখনই কিছু গ্রহণ করা সম্ভব না।

◆ যদি আপনি মনে করেন যে আপনি সব জানেন, তবে আপনি নতুন কিছুই শিখতে পারবেন না।

◆ যদি ভালো কিছু পান ও, তাহলে তা সরবৎ-এরমতনই ভেসে যাবে এবং আপনার মনে বিদ্যমান বিকারের সাথে মিশে তাও নোংড়া হয়ে যাবে।

❑❑❑

এক মুঠো ধূলো

এক সাধু ভিক্ষা প্রাপ্তির আশায় এক গৃহস্হের দ্বারে উপনিত হয়। "ভিক্ষা দাও, মা।"

কোন উত্তর আসে না।

সে পুণরায় বলে, "ভিক্ষা দাও, মা।"

এবার দগজায় একটা ছোট্ট মেয়ে এসে দাঁড়ায়। তারমুখে ছিল এক হতাশার ছবি। চোখ দেখে অসহায়তা ও অভাবের কথা স্পস্টই পড়ে ফেলে যায়। শরীরে ছিল জেলজেলে মলিন বস্ত্র।

সাধু খুব ভালো করে মেয়েটিকে লক্ষ্য করে। বুঝতে পারে যে, এই পরিবারের লোকেরা খুবই দুরাবস্হারমধ্যে দিন কাটাচেছ। সেই সাথে এই মেয়ের চোখের ভাষা পড়ে সে বুঝতে পারে যে, মেয়েটা ভিক্ষা দিতে তো চায়, কিন্তু এতটাই অভাব যে কিছু দেওয়ার মতন ক্ষমতা নেই। তা সত্ত্বেও সাধু বলে, "ভিক্ষা দাও মা।"

এই নিস্পাপ মেয়েটির চোখে জল এসে যায়। রুদ্ধ কণ্ঠে বলে, "বাবা, আমাদের কাছে দেওয়ার মতন কিছু নেই, কি দেব আপনাকে।"

সাধু বলে, "যদি তোমার কাছে কিছু থাকত, তাহলে কি তুমি আমাকে ভিক্ষা দিতে ?"

"হ্যাঁ, বাবা, অবশ্যই দিতাম, কিন্তু আমাদের কাছে কিছুই নেই।"

"মন খারাপ কর না মা," সাধু মেয়েটির মাথায় হাত দিয়ে বলে, "তোমারকাছে দেওয়ার মতন এখনও বহু কিছু আছে।"

"না বাবা, আমি সত্যি বলছি, আমাদের কাছে কিছু নেই। আমরা

দু-দিন ধরে কিছু খেতে পর্যন্ত পাইনি।"

"তুমি একটা কাজকর, আমাকে উঠোন থেকে এক মুঠো ধূলো দাও। আমার কাছে তোমার বাড়ীর ধূলোই অর্থের সমতুল্য।"

মেয়েটি সমস্যায় পড়ে যায়, "ধূলো নিয়ে আপনি আমাকে আশীর্ব্বাদ করবেন কি ?"

"অবশ্যই করব মা।"

মেয়েটির মুখ আনন্দে জ্বল-জ্বল করে ওঠে। তার মুখে যে হতাশা ছিল তা মিলিয়ে যায়। সে আনন্দে মাটিতে নেমে এক মুঠো ধূলো নিয়ে সাধুর কমুণ্ডলে দিয়ে দেয়। তার মুখে ভেসে ওঠে আতুতুষ্ঠি ও গৌরবের ছাপ।

সাধু তাকে আশীর্ব্বাদ করে বলে, "সর্বদা আনন্দে থাক, সমৃদ্ধ হও।"

মেয়েটি গদগদ হয়ে ওঠে।

সাধু প্রস্হান করে। তার সাথে ছিল তার এক শিষ্য। গুরু এই লীল সে কিছুই বুঝতে পারেনা। খানিকটা এগিয়ে গিয়ে সে জিজ্ঞাসা করে, "গুরুদেব! আপনি ভিক্ষা স্বরূপ ধূলো কেন নিলেন ? ধূলো দিয়ে আমরা কি করব ?"

"তুমি ঠিকই বলেছো, ধূলো আমাদের কোন কাজেই লাগবে না। কিন্তু বাবা, সাধুর কাজ শুধু নেঁওয়া হয়, দেওয়াও।"

শিষ্য উৎসুকতার সাথে জিজ্ঞাসা করে, "কিন্তু আপনি ওকে কি দিলেন ?"

সাধু হেসে বলে, "দান দেওয়ার সংস্কার, দেখো, আমি যদি তাদের পরিবারের সমস্যার কথা জেনে কোন রকম ভিক্ষা না নিয়ে ফিরে আসতাম, তবে ওর মনে হত ওরা কোন কিছুরই যোগ্য নয়। দরজায় আসা সাধুকে কোন কিছু দেওয়ার মতন ক্ষমতাই ওদের নেই, আরএই আঘাতটা সর্বদা তার কোমল মনে গেঁথে যেত এবং সারা জীবন ধরে

সে তার দূর্বলতা ও অসহায়তার কথাই মনে রাখত। তুমি দেখলে না, এক মুঠো ধূলো দিতে পেরে ও নিজেকে কতটা গৌরবান্বিত বলেমনে করছিল। আমার মনে হয় যে, ও আর কখনই কোন সাধু-সন্ন্যাসিকে তার দরজা থেকে খালি হাতে যেতে দেবে না। এই ভাবনাই তার পরিবারের দরিদ্রতা দূর করতে সাহায্য করবে।"

শিষ্য অবাক হয়ে সাধুর মুখ দেখতে থাকে।

এই গল্পের মধ্যে কি উদ্দেশ্য এবং শিক্ষা আছেঃ

- গ্রহণ করা অবশ্যই সাধুদের উদ্দেশ্য, কিন্তু সেই গ্রহণ করার পিছনেই রয়েছে অন্যদের সাহায্য এবং দান করার সংস্কার।
- যদি মনে দেওয়ার ইচ্ছা থাকে, তবে ঈশ্বর অবশ্যই আমাদের প্রয়োজন পূরণ করবেন।
- আমরা যা দিই, তার·থেকে বহু গুণ বেশী কিছু পাই।
- যে দেয়, সেই পায়। যে দেয়না, সে পায়ও না।

সুতরাং প্রত্যেকেরই উচিত, নিজের ক্ষমতা অনুসারে সাহায্য প্রার্থীকে সাহায্য করা। এই মনভাবকেই, "বসুধৈব কুটুম্বকম" বলে, যতক্ষন না মানুষের মনে বসুধেব কুটুম্বকমের ভাবনা উদয় হচ্ছে ততক্ষণ সে কিছুই পেতে পারে না।

স্বামী বিবেকানন্দ বলেছেন, "এই সংসারে সর্বদা দাতার স্থান গ্রহণ কর। সব দিয়ে দাও, পরিবর্তে কিছুই পাওয়ার আশা কর না। প্রেম দাও, সাহায্য কর, সেবা কর, তোমার যা দেওয়ার সামর্থ, তাই দাও। কোন রকম শর্ত বা কোন রকম ব্যবসায়িক দৃষ্টিভঙ্গীতে কাউকে কিছু দিও না। যে ভাবে ভগবান প্রকৃত মন থেকে দান করেন, সেই রকম প্রকৃত মন থেকে দাও।"

❑❑❑

পিঁপড়ের মতন ক্ষমতা কিন্তু পাহাড়ের মতন অহংকার

এক ছিল বিরাট জমিদার। তার নাম ছিল আল্গ্রি বাই ডিস। সে যত বড় জমিদার ছিল, তত বড়ই ছিল তার অহংকার। তার নিজের বিষয় সম্পত্তির জন্য তার মনে প্রচণ্ড অহংকার ছিল।

একদিন সে যায় মহাত্মা সুকারাতের দর্শন করতে। পরিচয় দেওয়ার পর সে নিজের ঐশ্বর্য ও সম্পত্তির কথা বর্ণনা করতে থাকে। তার প্রতিটি কথার মধ্যে দিয়েই অহংকার প্রকাশ পাচ্ছিল।

সুকরাত বুঝতে পারেন যে, এই জমিদার অহংকারে ডুবে আছে। তিনি ধৈর্য্যের সাথে তার সমস্ত কথা শুনে বলেন, "সত্যিই তুমি তো বিরাট বড় জমিদার।"

জমিদারের বুক গর্ভে পূর্ণ হয়ে যায়, তার মুখে ফুটে ওঠে অহংকারের ছাপ।

তখন সুকরাত তাঁর এক শিষ্যকে পৃথিবীর মানচিত্র নিয়ে আসতে বলেন।

মানচিত্রটি আসার পর সুকরাত তা জমিদারের সামনে বিছিয়ে বলেন, "তুমি বলতে পার কি, আমাদের দেশ ইউনিয়ান কোথায় ?"

জমিদার একটা স্হানে আঙুল দিয়ে বলেন, "এই তো আমাদের দেশ।"

"আর আপনার ভূ-খণ্ড এটিকা কোথায় ?"

জমিদারের চোখ তার ভু-খণ্ড খুঁজতে থাকে। বহু কস্টে সে খুঁজে পায়, আর একটা বিন্দুর উপর আঙুল রেখে বলে, "এই তো এটিকা।"

"এর মধ্যে তোমার জমি-সম্পত্তি কতটা ?"

"হে মহাত্মা, এতো পৃথিবীর মানচিত্র। এতে এত বড় এটিকাই একটা বিন্দুর সমান, আমার জমির তো কোন নাম নিশানাই নেই।"

"তা সত্ত্বেও তোমার এত অহংকার। যে জমি এত বড় মানচিত্রের মধ্যে একটা বিন্দুর সমান, তা নিয়ে তোমার এত গর্ব ?"

অহংকারি জমিদার লজ্জা বোধ করতে থাকে।

সুকরাত খুব স্নেহের সাথে তাকে বুঝিয়ে বলেন, "একটু ভাব তো, সারা পৃথিবীর কাছে তোমার পরিচয় কতটুকু, তোমার অবস্থা কি ? কিছু না, তাহলে অহংকার কিসের ? তোমার কিসের এতো অহংকার ?"

জমিদার লজ্জায় মাথা নত করে ফেলে।

সুকরাত কথার মধ্যে দিয়ে তাকে বুঝিয়ে দেন, এই পৃথিবীতে তার যোগ্যতা পিঁপড়ের মতন।

বন্ধু, এই ঘটনার থেকে আমরা কি শিক্ষা পাই

- মানুষের কখনই অহংকার করা উচিত না, কারণ যে যত বড়ই হোক না কেন, যত ধনীই হোক না কেন, পৃথিবীতে সেইই শেষ কথা নয়।
- অহংকারই মানুষের পতনের প্রথম সিঁড়ি, যাতে অতি আনন্দে পা দিয়ে উপড় দিকে উঠে যায়, কিন্তু পতনের গর্তেই তার শেষ পরিণাম দেখা যায়।
- ধন-সম্পত্তিকে চলমান সম্পত্তি বলে ধরা হয়না, কিন্তু বাস্তবে তা চলনশীল, কারণ তার মালিকানা বদলাতে থাকে।

◆ মানুষের কাছে যদি পয়সা থাকে তবে তা দিয়ে সুকীর্তি কেনা উচিত। ধন-সম্পত্তি হাতের ময়লার মতন। তা হাত থেকে চলে যাওয়ার পর, সুকীর্তিই তাকে সম্মানিত করে।

❑❑❑

সদাচারণের দ্বারা সৌন্দর্য প্রস্ফুটি করে তুলুন

ইউনিয়ানের মহান দার্শনিক সুকরাত খুবই ধৈর্য্যবান, সহনশীল, বিবেক বান এবং সদাচারি ছিলেন। তাঁর বিচার-বিবেচনা ছিল উচ্চমানের এবং সুন্দর, কিন্তু তাঁর বিচার-বিবেচনা যতটাই সুন্দর ছিল, তাঁর রূপ ততটাই কুৎসিত ছিল।

একদিন সুকরাত তাঁর ঘরের আয়নার সামনে দাঁড়িয়েছিলেন।

তখনই এক শিষ্য ঘরে প্রবেশ করে এবং সুকরাতকে আয়নার সামনে দেখে একটু হকচকিয়ে যায়।

সে মনে মনে কিছু ভাবে, যার ফলে তার ঠোঁটে হাসি ফুটে ওঠে। শিষ্য তার হাসি সুকরাতের চোখ থেকে লোকানোর চেস্টা করেছিল কিন্তু কিছুতেই তারা সেই হাসি লোকাতে পারেনা।

তিনি শিষ্যের কাছে গিয়ে বলেন, “বাবা, আমি জানি তুমি কেন হাসছো।”

শিষ্য একটু অপ্রতুস্হ বোধ করে। কারণ, গুরুদের তার অসভ্য ব্যবহার ধরে ফেলেছে। লজ্জা ও অপরাধবোধের ফলে তার মাথা নত হয়ে যায়।

সুকরাত বলেন, “তুমি এটা ভেবেই হাসছো না যে, আমি এত কুৎসিত হওয়া সত্ত্বেও আয়নার সামনে দাঁড়িয়ে আছি। এই প্রথম নয়, আমি প্রতিদিন আয়নার সামনে দাঁড়িয়ে নিজের কুৎসিত মুখটা দেখি।”

শিষ্য একটু ঘাবরে গেছিলই, গুরুদেবের কথা শুনে সে আরো ও ঘাবরে যায়। সে যে কি বলে গুরুদেবের কাছ থেকে ক্ষমা চাইবে তা বুঝে উঠতে পাচ্ছিল না। লজ্জায় মাথা নত করে দাঁড়িয়ে ছিল এবং অজান্তে সে কি ভুল করে ফেলেছে সেটাই ভাবছিল।

সুকরাত স্নেহের সাথে তার মাথায় হাত রেখে বলেন, "বাবা, আয়নার দিকে তাকালে আমি কতটা কুৎসিত তা বুঝতে পারি আর আমি সর্বদাই এই কুৎসিত রূপটাকেই ঢাকার চেস্টা করি তাই আমি আরোও ভালো-ভালো কাজ করতে চাই, আমি সমাজের ভালো করতে চাই, যাতে লোকেরা আমার ভালো কাজ গুলিই বেশী করে দেখতে পায়, আমার কুৎসিত রূপটা যেন দেখতে না পায়।"

"গুরুদেব, তাহলে কি সুন্দর লোকেদের আয়না দেখাউচিত না।"

"না, ওদের তো আমার মতন কুৎসিত লোকের তুলনায় অনেক বেশীকরে আয়না দেখা উচিত, যাতে তাদের মাথায় থাকে যে, তারা যতটা সুন্দর, তাদের কাজ যেন তার থেকেও বেশী সুন্দর হয়। আমি যেরকম ভালো কাজ করে নিজের কুৎসিত রূপটা ঢাকার চেস্টা করি, সেরকম মানুষের খারাপ কর্ম তার সুন্দর রূপটাকে ঢেকে দেয়। ব্যক্তির দোষ-গুণের বিচার তার রূপ দেখে করা হয়না বরং তার ভালো-মন্দ কাজের দ্বারাই তার বিচার করা হয়। বাবা, যদি সোনার কাপে বিষ থাকে তাহলে তা কেউ পান করতে চাইবে না, কিন্তু মাটির কাপে অমৃত থাকলে মানুষ সেটাই পান করতে চাইবে।"

গুরুদেবের কথা শুনে শিষ্য ধন্য হয়ে যায়।

বন্ধু, এই ঘটনার থেকে আমরা কি শিক্ষা পাইঃ

- সুন্দর ব্যক্তিদের সর্বদাই এটা সজাগ থাকা উচিত যে, তার দোষ, তার খারাপ কর্ম তার সৌন্দর্যকে যেন নস্ট না করে দেয়, আর সুকর্ম, সদাচারণ এবং চারিত্রিক গুণের দ্বারা কুৎসিত ব্যক্তিদের সুন্দর হয়ে ওঠা উচিত।

◆ শারিরীক সৌন্দর্যের তুলনা অনেক বেশী মূল্যবান হল, মনের সৌন্দর্য, বিচার-বিবেচনার সৌন্দর্য, কর্মের সৌন্দর্য।

প্রত্যেক ব্যক্তির নিজের কর্ম, চরিত্র এবং সদাচারণের দ্বারা অলঙ্করণ করা উচিত। যার কাছে এমন মূল্যবান গয়না থাকে, তার সৌন্দর্য হয়ে ওঠে অদ্বিতীয়, তা সে যত কুৎসিতই হোক না কেন, সারা পৃথিবীর কাছে সে অতিব সুন্দর হয়ে ওঠে।

❑❑❑

দেব ভক্তির চেয়ে বড় দেশ ভক্তি

স্বামী রামতীর্থ সেই সময় জাপানে গেছিলেন। তাঁকে সেখানকার এক স্কুলে বক্তৃতা দেওয়ার জন্য আমন্ত্রণ করা হয়। স্বামীজী ছাত্রদের সামনে বক্তৃতা দেন।

বিরতির সময় একটা ছোট ছেলে, সে এই স্কুলেরই ছাত্র, তাঁর সামনে এসে দাঁড়ায়।

স্বামীজী তাঁকে তাঁর পাশে বসিয়ে নেন এবং তার নাম প্রভৃতি জিজ্ঞাসা করার পর তাকে জিজ্ঞাসা করেন, "তুমি কোন ধর্মে বিশ্বাসী ?"

ছাত্র গর্বের সাথে বলে, "বৌদ্ধ ধর্মে।"

"মহাত্মা বুদ্ধ সম্পর্কে তোমার মত কি ?"

ছাত্র মনে-মনে ভগবান বুদ্ধের উদ্দেশ্যে প্রণাম জানিয়ে বলে, "বুদ্ধ তো ভগবান। তাঁর সম্পর্কে আমি আর কি ব্যখ্যা করব।"

"তুমি কনফ্যুশিয়াস সম্পকে জানো ?"

"হ্যাঁ, উনি একজন মহান সন্ত।"

"তাঁর সম্পর্কে তেমাার মত কি ?"

"আমি তাঁকেও শ্রদ্ধা করি।" কামক মনে মনে তাঁর উদ্দেশ্যে প্রণাম জানায়।

"নিজের দেশের জন্য তুমি কি করতে পার ?"

"প্রাণ পর্যন্ত দিতে পারি।"

"মনে কর, কিছু সেনা তোমার দেশকে আক্রমণ করেছে এবং এই সেনাদের সেনা পতি বুদ্ধ বা কন্‌ফ্যুশিয়াস, তাহলে তুমি কি করবে ?"

ছেলেটি থতমত খেয়ে যায়।

তার ছোট্ট মুষ্টিটি আরস্ঠ হয়ে যায়। সে বলে, "আমি তলয়ার দিয়ে বুদ্ধের মাথা কেটে দেব এবং কন্‌ফ্যুশিয়াসকে পায়ের তলায় দলিত করব।"

ছেলেটির কথা শুনে স্বামী রামতীর্থ খুই প্রসন্ন হন। তিনি এই ছেলেটির মুখে চুম্বন করে বলেন, "ধন্য এই জাপান। এই দেশে তোমার মতন দেশভক্ত আছে, কেউ এই দেশের একটা চুলও বাঁকাতে পারবে না।"

বন্ধু, এই ঘটনার থেকে আমরা কি শিক্ষা পাই

- দেবতার প্রতি ভক্তি থাকা খুবই ভালো, কিন্তু তার চেয়েও বেশী ভক্তি দেশকে করা উচিত, কারণ দেশ, দেবতার থেকেও বড়। দেশ আছে বলেই, দেবতা আছে। দেশ না থাকলে, দেবতাও থাকবে না।
- যে রাষ্ট্র গোলামে পরিণত হয়, শাসক গণ সেখানকার দেবতাকেও তছনছ করে দেয়।
- সেইই প্রকৃত দেশভক্ত, যে দেশের জন্য নিজের দেবতাকেও বলি দিতে পারে।

❑❑❑

নেপোলিয়ানের জয়ের রহস্য

বহু রাত হয়ে গেছিল। নেপোলিয়ান নিজের শিবিরে গভীর ঘুমে আচ্ছন্ন ছিলেন। হঠাৎ করে আপতকালীন ঘন্টা বেজে ওঠে। তখনি নেপোলিয়ানের চোখ খুলে যায় এবং তিনি সজাগ হয়ে উঠে বসেন।

তখনই তাঁর সেনাপতি প্রচণ্ড ঘাবরে গিয়ে তাঁর শিবিরে প্রবেশ করে। সে খুবই ঘাবরে গেছিল এবং হতাশ হয়ে পড়েছিল।

নেপোলিয়ান তাকে জিজ্ঞাসা করেন, "কি হয়েছে ?"

"মহারাজ, যে প্রতিবেশী দেশকে আমরা বন্ধু বলে ভাবতাম, সেই দেশের সৈনিকই অর্ধেক রাতে আমাদের উপর হামলা করে দিয়েছে। বুঝতে পারছিনা, কি করব। মিত্র দেশ ভেবে আমরা সম্পূর্ণ রূপে নিশ্চিন্ত ছিলাম, তাই কোন রণনীতিও তৈরী করিনি।"

"তুমি নিশ্চিন্ত ছিলে সেনাপতি, কিন্তু নেপোলিয়ান কখনই নিশ্চিন্তে থাকে না। ওরা আমাদের বন্ধু ঠিক আছে, কিন্তু বন্ধুত্বের চিত্রটা কতটা শক্ত সেটাও তো দেখতে হবে। আমার মনে হয়েছিল, ভবিষ্যৎ-এ এরা বিশ্বাসঘাতকতা করতে পারে, এই ধরণের পরিস্থিতির সাথে মোকাবিলা করার জন্য আমি আগে থেকেই রণনীতি গড়ে রেখেছিলাম। টেবিলে যে মানচিত্রটা রাখা আছে সেটা দেখ এবং সেই স্হানগুলিকে অবরূদ্ধ করে হামলা করে দাও। আমরা অবশ্যই জিতব।"

সেনাপতি দ্রুত গতিতে টেবিলের দিকে এগিয়ে যায় এবং তার উপরে রাখা মানচিত্রটিকে দেখে গভীর নজরে অধ্যয়ন করে।

নেপোলিয়ানের সজাগতা এবং দূরদর্শিতা দেখে সে অবাক হয়ে যায়।

সেনাপতিকে হতভম্ব দেখে নেপোলিয়ান হেসে বলে, "বিচার-সম্পন্ন লোকেরা সর্বদাই ভালো কিছুর আশা করে, কিন্তু খারাপ থেকে খারাপ তর পরিস্থিতির জন্য সর্বদাই তৈরী থাকে। আমার মানসিকতাও এমনি। বিপত্তি আসার আগেই আমি তার অনুমান করতে পারি, তাই বিঘ্ন অতিক্রম করতে কোন রকম সমস্যা হয়না।"

যে কথাটা কেউ কল্পন পর্যন্ত করতে পারেনি, নেপোলিয়ান তা আগে থেকেই বুঝে নিয়েছিলেন, এবং বন্ধু মনে করা প্রতিবেশী দেশ সম্পর্কেও নেপোলিয়ান সর্বদা জয় লাভ করতে পারতেন।

নক্সাটি ভালো করে বুঝে নিয়ে, সেনাপতি বাইরে চলে যায়।

নেপোলিয়ানের নক্সায় যেভাবে চিহ্নিত করা ছিল, সে ঠিক তেমন ভাবেই চলে।

এটা বলার অপেক্ষা রাখে না যে, নেপোলিয়ানের সেনারাই জয় লাভ করেছিল। নেপোলিয়ানকে উদাসিন ভাবা দেশের সৈন্যদের মুখে যে, কেবল একগাল মাছি পড়েছিল তাই না, বরং নেপোলিয়ানের সেনারা অতি অল্প সময়ের মধ্যেই তাদের পরাজিত করতে সক্ষম হয়েছিল।

এই ঘটার থেকে কি শিক্ষা পাওয়া যায় ঃ

◆ যে সর্বদা সচেতন এবং সতর্ক থাকে, তাকে কখনই পরাজিত করা যায় না।

- নেপোলিয়ানের সতর্কতা, দূরদর্শিতা এবং জ্ঞানই তাকে জয়ী করে তুলেছিল।
- জীবন-সংগ্রামে বন্ধুর শত্রু এবং শত্রুর বন্ধু হতে সময় লাগে না, সুতরাং সমস্ত রকম পরিস্থিতির সাথে মোকাবিলা করার জন্য প্রত্যেককেই তৈরী থাকা উচিত।
- সফলতার নেশা মত্ত হয়ে কখনই বেপরোয়া হয়ে ওঠা উচিত না।
- সফলতা পাওয়া অবশ্যই বড় কথা, কিন্তু সেটিকে বজায় রাখা তার চেয়ে বড় এবং গুরুত্বপূর্ণ বিষয়।

❑❑❑

বিবেকের সঠিক প্রয়োগ

একদিন মহান দার্শনিক সুকরাত তাঁর শিষ্যদের সাথে বসেছিলেন। কোন একটা আধ্যাত্মিক বিষয় সম্পর্কে বেশ গুরু-গম্ভীর আলোচনা চলছিল। হঠাৎ করে সেখানে এক জ্যোতিষি এসে উপস্থিত হয়। সে মানুষের মুখ দেখেই তার চরিত্রের কথা বলে দিতে পারত।

সে খুব ভালোকরে সুকরাতকে দেখে। সুকরাত দেখতে অতিব কুৎসিত ছিলেন। এই রকম কুৎসিত একটা লোককে উচ্চাসনে বসতে দেখে তার ভালো লাগেনি।

সুকরাতের শিষ্যরাও তাকে এমন কিছু শ্রদ্ধা জানায়নি, সেই কারণেই সে আরোও বেশী মনোক্ষুন্ন হয়, সে অনেকক্ষণ ধরে সুকরাতকে দেখে, তাঁর শিষ্যদের বলে, "তোমরা অতিব মুর্খ। এই ব্যক্তিকে গুরুর আসনে বসিয়ে ছো, একে এত সম্মান করছো, কিন্তু এ মানুষ হিসাবে ঠিক নয়। এর চরিত্র খুবই খারাপ। এর নাক বলে দিচেছ যে এ প্রচণ্ড রাগী।"

সুকরাতের শিষ্যেরা এ কথা শোনার পরেই জ্যোতিষিকে মারারজন্য প্রস্তুত হয়ে যায়।

সুকরাত তাদের বাধা দিয়ে বলেন, "উনি বিদ্বান ব্যক্তি, ওনাকে বলতে দাও।"

সুকরাতের বিনম্রতা দেখে সে আরোও বেশী ক্ষুব্ধ হয়ে ওঠে। "আমি সত্যকে লুকিয়ে, সত্যের অপমান করতে চাই না। এই ব্যক্তির মাথা ও কপালের গঠন দেখে মনে হচেছ এ খুবই লোভি। এর চিবুক

বলে দিচ্ছে এ খুবই বাতি গ্রস্হ। এর চিবুক এবং দাঁতের আকার দেখে মনে হচেছ এ এক বিরাট দেশদ্রোহী।"

সুকরাত হাসেন এবং সম্মানের সাথে তাকে বসিয়ে অতিথি সৎকারের ব্যবস্হাও করেন।

সুকরাতের শিষ্যগণ অবাক হয়ে যায়। সুকরাত তাকে একটা অত্যন্ত সুন্দর উপহার দিয়ে শ্রদ্ধার সাথে তাকে বিদায় জানান, এই ঘটনা দেখে তাঁর শিষ্যরা আরোও অবাকহয়ে যায়।

একটি শিষ্য আর থাকতে না পেরে বলে, "গুরুদেব, এই ব্যক্তি এমন উল্টো-পাল্টা কথা বলছিল, আর... আপনিওকে এতটা সম্মান দিলেন, কেন ?"

সুকরাত গম্ভীর হয়ে বলেন, "উল্টো-পাল্টা কথা নয়, উনি তো সব সত্যি কথাই বলেছেন, সত্যকে কখনই অস্বীকার করা উচিত না।"

"মানে...মানে... ও যেমন বলল আপনি তেমন ?"

"হ্যাঁ, উনি যা বলেছেন সব সত্যি। সত্যিই আমার মধ্যে এই সমস্ত দোষ আছে, কিন্তু..."

"কিন্তু কি গুরুদেব ?"

"রাগের বশে উনি একটা বিষয় খেয়াল করেননি।"

"কি ?" খোয়ল করেন নি ?

"উনি আমার বিবেকের দিকে লক্ষ্য করেননি, যার শক্তিতে আমি আমার সমস্ত দোষকে বেঁধে রেখেছি।"

শিষ্যগণ সুকরাতের কথা শুনে অবাক হয়ে যায়।

এই গল্প কি শিক্ষা দেয় ঃ

◆ কোন ব্যক্তিরই কখনই সত্যির মুখ বন্ধ করা উচিত না। মানুষের মধ্যে সত্য বলার এবং শোনার ক্ষমতা থাকা উচিত।

- প্রত্যেক মানুষের মধ্যেই দোষ থাকে, কিন্তু কোন মহান ব্যক্তিই তা স্বীকার করার ক্ষমতা রাখে, যেমনটা স্বীকার করেছিলেন মহাত্মা সুকরাত।
- বিবেক... শুধুমাত্র বিবেকই এমন এক শক্তি, যার দ্বারা মানুষ নিজের দোষকে বেঁধে রাখতে পারে। সুতরাং প্রত্যেক ব্যক্তির উচিত বিবেকের সঠিক প্রয়োগ করা।

❑❑❑

তাহলে সিকন্দর অরস্তুর মতন গুরু কোথায় পেত

সিকন্দর বিশ্ব জয় করার জন্য পাগল হয়ে উঠেছিলেন। তিনি একটা দেশ জয় করার পরেই, অপর দেশ জয় করার জন্য পাগল হয়ে উঠতেন। তার সৈন্যবাহিনী যেখানে যেত, পৃথিবীর সেই অংশটাই তার হাতে এসে যেত।

সিকন্দরের গুরু অরস্তু সর্বদা তাঁর সাথেই থাকতেন।

এক গভীর জঙ্গল পার করে হঠাৎই সৈন্যদল থমকে দাঁড়ায়।

সামনে ছিল এক গভীর নর্দমা।

অরস্তু বলেন, "সবার প্রথম এই নর্দমা আমি পার করব, সিকন্দর ও বাকি সৈন্যবাহিনী তার-পরে আসবে।"

গুরুর আদেশ অমান্য করার শক্তি কাউর নেই, কিন্তু সেদিন অপ্রত্যাশিত ভাবে সিকন্দর তার গুরুর আদেশ অমান্য করে বলে, "না, গুরুদেব, আপনি নন, আগে এই নর্দমা আমি পার করব।"

অরস্তু স্তব্ধ হয়ে যান।

সৈন্যবাহিনীর মধ্যেও একটা নিস্তব্ধতা ছেয়ে যায়।

একী হল! খুবই আশ্চর্যজনক বিষয়। সিকন্দর গুরুর আদেশ অমান্য করে দিল।

স্তব্ধ অরস্তু দৃঢ় কণ্ঠে বলেন, "সিকন্দর, তুমি আমার আজ্ঞার অবহেলা করছো?"

"আমার কিছু করার নেই গুরুদেব, ক্ষমা করবেন," এই কথা বলে সিকন্দর তাঁর ঘোড়া নিয়ে নর্মদায় নেমে পড়েন, আর বলেন, "আমি

সুরক্ষিত ভাবে ওদিকে পৌঁছানোর পরেই বাকি লোকেরা নর্দমা পার করবে।"

সিকন্দরের ঘোড়া নর্দমার ভেতর দিয়েই এগিয়ে যেতে থাকে।

অরস্তু সহ সকলেই শ্বাস রুদ্ধ করে সিকন্দরকে দেখতে থাকে। সকলেই কোন বিপদের আশঙ্কা করছিল।

অরস্তু বুঝতে পারছিলনে না যে, সিকন্দর কেন তার কথা অমান্য করে এতটা বিপদের ঝুঁকি নিলেনে।

কিছুক্ষণ বাদে সিকন্দর সুরক্ষিত ভাবে নর্দমার অপর পারে পৌঁছে যায়, সকলেই শান্তি ফিরে পায়। তার পর সৈন্যদল কোন রকম বিপদ ছাড়াই নর্দমা পার করে ফেলে, তারপর অরস্তু এবং সেনাপতি নর্দমা পার করতে সক্ষম হয়।

সিকন্দর লক্ষ্য করেন যে, গুরু চুপচাপ আছেন এবং তাঁর মুখ দেখে মনে হচেছ যে তিনি যথেস্ট মনক্ষুন্ন হয়েছেন।

সিকন্দর তাঁর সেনাদের সম্বধন করে বলেন, "আমার বাহাদুর সৈনিক, আপনারা সবাই এবং আমার গুরুদেব হয়তো এটাই ভাবছেন যে, আমি কেন গুরুর আজ্ঞা মানলাম না। আমাদের চলার পথে এই নর্দমা একেবারে হঠাৎ করে এসে পড়েছিল। আমরা কেউই এই সম্পর্কে কিছু জানতাম না, আর গুরুদেব সবার আগে এই নর্দমা পার করতে চাইছিলেন। এখন আপনারা বলুন তো, আমি কি গুরুদেবকে বিপদের মুখে ফেলতে পারি ?"

অরস্তু, সিকন্দরের কথা শোনারপরেই, তাঁর সব রাগ দূর হয়ে যায়। তাঁর চোখে সম্মান ও জল চক্‌চক্ করতে থাকে। তিনি সিকন্দরকে আলিঙ্গন করে বলেন, "কিন্তু সিকন্দর, তুমি কেন নিজের জীবন বিপন্ন করতে চেয়েছিল। আমার বয়স হয়েছে, আমার কিছু হয়ে গেলেও কিছু যায় আসত না।"

"গুরুদেব, যদি আমার কিছু হয়ে যেত তবে আপনি আর একটা

সিকন্দর বানাতে পারতেন, কিন্তু যদি আপনার কিছু হয়ে যেত, তাহলে সিকন্দর আপনার মতন গুরু কোথা থেকে পেত ?”

অরস্তু প্রশংসার দৃষ্টিতে সিকন্দরকে দেখে বলেন, “শিষ্য সিকন্দরের মতনই হওয়া উচিত।”

বন্ধু! এই ঘটনার থেকে আমরা কি শিক্ষা পাইঃ

- সর্বদা গুরুকে সম্মান করা উচিত। গুরুর ঋণ মানুষ সাত জন্ম ধরেও শোধ করতে পারেনা।
- সর্বদা গুরুর চরণে নিজেকে সমর্পন করার মতন মনোভাব থাকা উচিত।

❑❑❑

ঋণ নিয়ে বাহ্যিক আরম্বর করবেন না

একবার কয়েকজন ছোট ছেলে মিলে ঠিক করে, তারা কোন একটা পাহাড়ে গিয়ে পিকনিক করবে। ঠিক হয় যে, সকলেই বাড়ীর থেকেকিছুনা কিছু খাদ্য বস্ত্ত নিয়ে আসবে।

এর মধ্যে একজন ছিল খুবই গরিব ঘরের ছেলে। সে বাড়ী গিয়ে তারমাকে সব কথা জানায়। কিন্তু যখন তারমা বলে যে, তাকে দেওয়ার মতন কিছুই তাদের বাড়ীতে নেই তখন তার আশায় জল পড়ে যায়।

ছেলেটার মন খারাপ হয়ে যায়।

ছেলের মন খারাপ দেখে, মার মনেও খুবই আঘাত লাগে। কোন মা আছে, যে নিজের ছেলেকে আনন্দে থাকতে দেখতে চায়না। হঠাৎ করে মার মনে পড়ে যে, ঘরেকিছু খেজুর রাখা আছে মা সঙ্গে-সঙ্গে ছেলেকে ডেকে খেজুর নিয়ে যেতে বলে। ছেলেটা আনন্দে নেচে ওঠে। তারপর তার মা মনে-মনে ভাবে, "খেজুরই কি নিয়ে যাওয়ার মতন জিনিস হল। অন্য ছেলেরা বাড়ীর থেকে জানে কি নিয়ে আসবে আর আমি শুধু খেজুর নিয়ে যেতে বলছি, এটা ভালো দেখাবে কি ?"

মনে প্রশ্ন উদয় হল, মনই উত্তর দিয়ে দেয়, যে 'না'।

মা সঙ্গে-সঙ্গে বিচার বদলে বলে, "তোর বাবা এক্ষুনি এসে পড়বে। সে এসে পড়লে, পিকনিকে কোন না কোন ভালো জিনিস নিয়ে

যাওয়ার ব্যবস্হা হয়ে যাবে।

ছেলেটা হতাশ হয়ে এক কোনায় বসে পড়ে। কিছুক্ষণ বাদে তার বাবা বাড়ী ফিরে আসে। ছেলেকে উদাসিন দেখে, সে তার স্ত্রীকে কারণ জিজ্ঞাসা করলে, তার স্ত্রী তাকে পুরো বিষয়টি জানায়। সেই সময় তার বাবার পকেটও একেবারে খালি ছিল।

এখন কি করা যায় ?

স্বামী-স্ত্রী অনেকক্ষণ ধরে নিজেদের মধ্যে আলোচনা করতে থাকে। উঠনে বসে ছেলেটা সব দেখে। তার জন্য তার বাবা-মা দুঃখ পেয়েছে এই ভেবেই সে কষ্টবোধ করছিল।

কিছুক্ষণ বাদে তার বাবা পায়ে চটি গলিয়ে কোথাও যাওয়ার জন্য তৈরী হচ্ছিল।

ছেলেটার একটু সন্দেহ হয়।

সে উঠে বাবার রাস্তা আটকে বিনম্রতার সাথে বলে, "ক্ষমা কর, বাবা, আমি কি জানতে পারি তুমি কেথাও যাচেছা ?"

"বাবা, আমি তোর কস্ট সহ্য করতে পাচ্ছিনা," তার বাবা একটু হতাশার সুরে বলে, "আমি আমার কোন বন্ধুর কাছ থেকে একটু টাঁকা ধার নিয়ে আসি।"

"না বাবা, ধার চাওয়া ভালো কথা নয়। আর আমার পিকনিকে যেতেই ইচছা করছে না। আর যদি যেতেই হয় আমি খেজুর নিয়েই যাব। ধার নিয়ে আনন্দ ফুর্তি করা ঠিক না।"

বাবা তার ছেলেকে জরিয়ে ধরে। সে সারা জীবন তার ছেলেকে নিয়ে গর্ববোধ করার সুযোগ পায়। কারণ এই ছেলেই ভবিষ্যৎ-এ 'পাঞ্জাব কেসরী' লালা লাজপৎ রায় নামে বিখ্যাত হয়।

বন্ধু! এই ঘটনার থেকে আমরা কি শিক্ষা পাইঃ

- কখনই কোন ব্যক্তির ঋণ নিয়ে মিথ্যে আরম্বর করা উচিত না।
- কিছু লোক ঋণ নিয়েইপ্রচুর আরম্বর প্রদর্শন করে। আমরা যদি পৃথিবীর মহান লোকেদে সম্পর্কে পড়ি, তাহলে দেখতে পাব যে, তাঁদেরকে কেউ উঁচুতে ওঠায় নি, বরং তাঁদের বিচার-বিবেচনাই তাঁদের মহান করে তুলেছে।
- আপনি যেমন, সেই ভাবেই সারা পৃথিবীর সামনে উপনিত হোন। আপনার মুখোশ বেশীক্ষণ আপনার প্রকৃত রূপকে লুকিয়ে রাখতে পারেনা।

❑❑❑

ছোটর জয়

একটা ছোট্ট ছেলে ছিল, লোকে তাকে ছোট বলে ডাকত। তার উচ্চতা ছিল অল্প এবং শরীরও ছিল রোগাটে। কিন্তু তার উচ্চতা যত কম ছিল, তার বিচার-বিবেচনা ছিল ততটাই মহান। শরীর দূর্বল হলে কি হবে, সংকল্প শক্তি ছিল খুবই দৃঢ়। তার অন্তর আত্ম-বিশ্বাসে ভরপুর ছিল।

সে উত্তর-প্রদেশের এক গ্রামে পরিবারের লোকেদের সাথে থাকত। তার সংসারের চর্তুদিকেই ছিল দরিদ্রতার ছায়া, কিন্তু এই ছেলেটির মনে লেখা-পড়া করে কিছু হওয়ার ইচ্ছা ছিল, সে চাইত দেশের জন্য কিছু করতে। সেই সময় দেশ ছিল পরাধীন, দেশের বহু বাহাদুর ছেলের চোখে ছিল দেশমাতৃকাকে সেবা করার স্বপ্ন, তাই সে খুব মন দিয়ে পড়াশোনা করত।

এই ছোটর স্কুলছিল নদীর অপর পারে। সে তার বন্ধুদের সঙ্গে প্রতিদিন নৌকা করে নদীর অপর পারে স্কুলে যেত।

একদিন এই ছোট তার সহপাঠীদের সাথে স্কুলে যাওয়ার জন্য নৌকায় উঠে বসে। নাবিক প্রত্যেক ছেলের থেকে ভারা স্বরূপ দু-পয়সা করে নিত। সে নৌকা খোলার আগেই বাচ্চাদের থেকে পয়সা নিয়ে নিত। প্রায় প্রত্যেকেই দু-পয়সা করে দিয়ে দেট, কিন্তু ছোটর কাছে মাত্র দু-পয়সাই ছিল, তা ভাড়া স্বরূপ দিয়ে দিলে দুপুরে আর খাবার জুটত না। তইসে মাঝিকে বলে, "আজ আমার কাছে মাত্র দু-পয়সাই আছে। যদি আমি তোমাকে এই পয়সা দিয়ে দিই, তবে

দুপুরে কি খাব।”

“ভাড়া দিতে না পারলে, নৌকা থেকে নেবে যাও।”

ছোট নৌকা থেকে নেবে যায়, কিন্তু মনে মনে সে ঠিক করে যে সে অবশ্যই স্কুলে যাবে। তার ভেতরে এই পড়ার স্পৃহা ছিল যে, সে একদিনও হাতছাড়া করতে চাইনি। সে অতি যত্নে দু-পয়সা পকেটে রেখে দেয় এবং বইয়ের ব্যাগ নিজের এক বন্ধুকে দিয়ে বলে, “ব্যাগটা রাখ, স্কুলে গিয়ে নিয়ে নেব।”

কিন্তু বন্ধু অবাক হয়ে বলে, “তুমি স্কুলে যাবে কি করে? নৌকা তো ছেড়ে দিয়েছে।”

মাঝি ও অবাক হয়ে এই ছোট ছেলে টিকে দেখতে থাকে।

ছোটর, ছোট, ঠোঁটে একটা স্নিগ্ধ হাসি দেখে যায়। তারপর সে ‘এইভাবে’ বলে নদীতে ঝাঁপ মারে।

সহপাঠীদের মুখ থেকে চিৎকার শোনা যায়।

মাঝিও তার সাহস দেখে অবাক হয়ে যায়।

আত্মবিশ্বাসের বলে ধনবান এই ছেলেটি নদীর ঢেউয়ের সাথে লড়াই করে নদীর অপর পারে যেতে থাকে, মাঝিও তার দাঁড় টেনে নদীর অপর পারে যেতে থাকে আর ছোটও তার আগে আগেই যাচ্ছিল।

সামনে ছোট, পিছনে নৌকা আর তাতে বসে আছে তার সহপাঠীগণ। তারা সকলেই অবাক হয়ে গেছিল। ছোট এটা কি করল। একদিনের পড়ার জন্য জীবনকে বিপদে ফেলে দিল। তারা মনে তার সুরক্ষার জন্য ভগবানের কাছে প্রার্থনা করছিল। যার উদ্দেশ্যের মধ্যে এতটা দৃঢ়তা থাকে, যার মধ্যে আত্মবিশ্বাস থাকে ভরপুর, নদীর প্রচণ্ড ঢেউ তার কি ক্ষতি করবে।

ছোট অপর পারে পৌঁছানোর পরেই দম ফেলে।

তার ঠোঁটে ছিল জয়ের হাসি।

এই দৃঢ়তা ও আত্মবিশ্বাসের বলে বলিয়ান এই ছোট ছেলেটার প্রকৃত নাম হল—লাল বাহাদুর শাস্ত্রী, ভবিষ্যৎ-এ এই ছেলেই হয়েছিল স্বাধীন ভারতের দ্বিতীয় প্রধান মন্ত্রী।

বন্ধু! এই ঘটনার থেকে আমরা কি শিক্ষা পাইঃ

- যদি উচ্চাসন প্রাপ্ত করতে হয়, তবে প্রথম থেকেই দৃঢ়তা এব আত্মবিশ্বাসে ভরপুর থাকতে হবে।
- ব্যক্তির প্রবৃত্তি যোদ্ধার মতন হওয়া উচিত। যে কোন পরিস্থিতি অতিক্রম করার ক্ষমতা রাখতে হবে, তবেই সে জয় লাভ করতে পারবে।
- যারা পরিস্থিতির সামনে মাথা নত করে এবং যারা ভীরুতার জীবন যাপন করে, তারা কখনই কোন কঠিন পরিস্থিতি অতিক্রম করতে পারেনা এবং তাদের একটা অন্ধকারাচ্ছন্ন, অসফল জীবন যাপন করতে হয়।
- যদি, বিচার-বিবেচনা উচ্চমানের হয়, মনে দৃঢ়তা এবং আত্মবিশ্বাস থাকে, পরিস্থিতির সাথে লড়াই করার ক্ষমতা থাকে, তবে যে কোন ব্যক্তিই ছোট শাস্ত্রীর মতন মহান হয়ে উঠতে পারবে।

❑❑❑

বিশ্বাসের শক্তি

কোন এক সময়কার কথা। দেশের কোন এক গ্রামে খরা দেখা দিয়েছিল। সেখানে এক ফোঁটাও বৃষ্টির নামগন্ধ ছিল না। চতুর্দিকে দুর্বিক্ষ দেখা দিয়েছিল। মাটি শুকনো হয়ে ফাটতে শুরু করেছিল।

বৃষ্টি না হলে কৃষি কাজ কি ভাবে হবে। এক দানা খাদ্যের জন্য লোকেরা ব্যাকুল হয়ে ওঠে, সারা জীবন ধরে হাহাকার দেখা যায়।

গ্রাম্য সমাজ পঞ্চায়েত ডাকে এবং দৈবিয় আঘাতের হাত থেকে বাঁচার জন্য বিভিন্ন রকম বিচার-বিবেচনা করা হয়। সকলেই মনে করেছিল, গ্রামের কোন দেবী অপ্রসন্ন হয়েছেন তাই এই অবস্হা, তাঁকে প্রসন্ন করতে পারলেই বৃষ্টি আসবে।

এই মত নিয়েই গ্রামের সবাই মন্দিরে গিয়ে উপস্হিত হয় এবং পূজারীরসামনে নিজেদের বিচারের কথা তুলে ধরে। পূজারীও তাদের সাথে একমত হয়ে বলে, "দেবীকে প্রসন্ন করার একটা উপায় আছে।"

গ্রামের প্রধান জিজ্ঞাসাকরে, "কি উপায় ঠাকুর মশাই।"

"একটা যজ্ঞ করতে হবে, তাতে গ্রামের প্রত্যেক ঘরের প্রতেক ব্যক্তিকে উপস্হিত থাকতে হবে। আবাল-বৃদ্ধ-বনিতাকে মন থেকে সম্পূর্ণ বিশ্বাসের সাথে আহুতি দিতে হবে।"

সকলেই পূজারীর পরামর্শ মেনে নেয়। পূজারীই ঠিক করে দেয় কবে যজ্ঞ হবে। পূর্ণিমার দিন শুভ সময়ে যজ্ঞ করা হবে বলে ঠিক

করা হয়।

পাঁচ দিন পরে ছিল পূর্ণিমা।

সকলে সকাল থেকেই পূজার সামগ্রী, ফুল-ফল নিয়ে যজ্ঞের স্হানে একত্রিত হতে থাকে। একটা বড় খোলা স্হানে এক বিরাট বড় অগ্নি-কুম্ভ স্হাপন করা হয়।

শুভ মুহুর্ত উপস্হিত হলে পূজারী গ্রামের দেবীকে আহ্বান করে এবং বেদের মন্ত্র উচ্চারণের সাথে-সাথে যজ্ঞ শুরু হয়ে যায়।

সকলেই যজ্ঞে অংশ নিয়েছিল।

এক এক করে সকলে আহুতিও দেয়।

বেশ কয়েক ঘন্টা ধরে যজ্ঞ চলে। যজ্ঞ যত এগোচ্ছিল তত লোক আকাশের দিকে তাকিয়ে দেখছিল, হয়তো আকাশে মেঘের ঘনঘটা দেখা গেছে।

কিন্তু মেঘের কোন চিহ্নই ছিল না। আকাশে সূর্যদেব জ্বল-জ্বল করছিল। গরমে লোক ঝলসে যাচ্ছিল।

একে তো সূর্যের প্রচণ্ড কিরণ, যজ্ঞের গরম হাওয়া, এই যজ্ঞস্হলে বাসা লোকেদের কাছে অসম্ভব হয়ে উঠছিল। কিছুক্ষণ বাদে যজ্ঞ শেষ হতে আসে কিন্তু আবহাওয়ার কোন রকম পরিবর্তন দেখা যায়নি।

লোকেদের ধৈর্য্যের বাঁধ ভাঙতে থাকে।

কোন একজন পূজারীকে বলে, "ঠাকুর-মশাই, যজ্ঞ তো শেষ হতে এলে কিন্তু আকাশে তো মেঘের নাম মাত্র নেই। মনে হচ্ছে দেবী এই পূজো স্বীকার করেননি, আমরা বেকারই আহুতি দিলাম।"

পূজারী বলে, "নিশ্চই কোন ত্রুটি হয়েছে। আমি গ্রামের প্রত্যেক ব্যক্তিকে, বাচ্চা, বুড়ো, মহিলা-পুরুষ সবাইকে এসে বিশ্বাসের সাথে

আহুতি দিতে বলেছিলাম। মনে হচ্ছে যজ্ঞের শর্ত পূরণ হয়নি। এমন কেউ আছে যে আহুতি দেয়নি।"

ভিড়ের মধ্যে ফিস-ফিস শোনা যায়। সকলেই দেখে যে পরিবারের সবাই এসেছে কিনা। তখন এক বৃদ্ধা উঠে বলে, ঠাকুর-মশাই আমার ছেলে আহুতি দিতে আসেনি।"

"যাও, শীঘ্র ওকে ডেকে আনো।"

সেই সময় সবাই দূর থেকে একটা সাত-আট বছরের ছেলেকে আনতে দেখে। তার হাতে ছিল একটা থালা, যাতে কিছু ফল-ফুল ছিল। সবচেয়ে আশ্চর্য বিষয় হল, তার বগলে একটা ছাতা ছিল।

ছেলেটি কাছে আসতেই গ্রামের প্রধান তাকে ধমক দিয়ে বলে, "কি রে! তুই কোথায় ছিলিস, তোর জন্য এই যজ্ঞটা ব্যর্থ হয়ে গেল। সকলের আহুতি ব্যর্থ হয়ে গেল। এখন আর কি করতে এসেছিস, ভাগ এখান থেকে।"

আমি প্রথমে পাশের গ্রামে গেছিলাম ফুল আনতে। থালায় ফল-ফুল সাজিয়ে আসতে যাব, তখন খেয়াল এলোযে, যজ্ঞ যখন হচ্ছে তখন অবশ্যই বৃষ্টি হবে, ফেরার সময় তো আমার মা ভিজে যাবে। তাই ছাতি নিতে গেছিলাম, আমার অন্য গ্রামের বন্ধুর কাছ থেকে তাই দেরী হয়ে গেল।

প্রধান চিৎকার করে বলে, "বোকা কোথাকার তুইকি ভাবছিস তুই আহুতি দিলেই বৃষ্টি এসে যাবে।"

সেই সময় মাঝ পথে পূজারী বলে, "প্রধান মশাই, ওকে হোম-কুণ্ডে আহুতি দিতে দিন, যজ্ঞের সংকল্প পূরণ হোক।"

পূজারীর কথা অনুসারে এই ছেলেটি দেবীর নিকটে উপস্থিত হয়।

সে ছাতা মাকে দিয়ে শ্রদ্ধার সাথে গ্রামের দেবীকে পুষ্প অর্পন করে এবং যজ্ঞকুণ্ডে আহুতি দেয়।

আর...

তখনই যেন চিৎকার দেখা যায়।

নিষ্পাপ ছেলেটি যজ্ঞে আহুতি দেওয়ার সাথে-সাথে মেঘ সূর্যকে ঢেকে দেয়। দেখতে-দেখতে মেঘাচছন্ন হয়ে যায়। আকাশে বিদ্যুৎ চমকাতে থাকে এবং ঝমঝম করে বৃষ্টি এসে যায়।

গ্রামের লোকেরা নেচে ওঠে।

চতুর্দিকে গ্রামের–দেবীর জয়–জয়কার হতে শুরু করে।

অন্যদিকে প্রধান ছেলেটিকে আরোও ধমকাতে শুরু করে, "দেখ, তোর জন্যই বৃষ্টি হচিছল না।"

পূজারী বলে, "প্রধান, আপনি ভুল বলছেন।"

প্রধান অবাক হয়ে বলে, "আমি ঠিক বলছি, যদি ও ছাতা আনতে গিয়ে সময় নষ্ট না করত, তবে কিছুক্ষণ আগে থেকেই বৃষ্টি হতে শুরু করত।"

তখন পূজারী বলে, "যদি ও ছাতা নিতে না যেত তবে বৃষ্টি ও হত না। আসলে গ্রামের দেবী সারা গ্রামের মধ্যে কেবল একজনেরই আহুতি স্বীকার করেছেন। আপনাদের সকলের আহুতিই ব্যর্থ হয়েছে। আপনি যদি এই রকম এক লক্ষ যজ্ঞও করতেন তবে তা বেকারই হত।"

প্রধান চোখ গরম করে বলে, "ওর আহুতিতে এমন কি আছে ?"

"ওর আহুতির মধ্যে ছিল বিশ্বাস, যা আপনাদের কাউর আহুতির মধ্যে ছিল না। ওর বিশ্বাস ছিল যে, যজ্ঞে আহুতি দেওয়ার সাথে-

সাথেই বৃষ্টি আসবে। আপনাদের মধ্যে এই বিশ্বাস থাকলে, আপনারাও ছাতা নিয়ে আসতেন। এটাও ওর বিশ্বাসেরই জয়।"

প্রধানের আর কিছুই বলার ছিল না ঃ

- আপনার মধ্যে বিশ্বাস থাকলে আপনি পাহাড়কেও নরাতে পারবেন।
- বিশ্বাস থাকলে আপনি অবশ্যই সফল হবেন, পৃথিবীর কোন শক্তিই আপনার সফলতার পথে বাধার সৃষ্টি করতে পারবে না।
- যদি আপনারনিজের উপর, নিজের যোগ্যতার উপর, নিজের জয়ের উপর, নিজের ঈশ্বরের প্রতি বিশ্বাস থাকে তবে আপনিও কোন মরুভূমিকে সরবরে পরিবর্তিত করতে পারবেন।

❑❑❑

যার বুকে মনুষ্যত্বের যন্ত্রণা থাকে

হজরত ওমর ফারুক খুবই সৎ ও দয়ালু প্রকৃতির মানুষ ছিলেন।

যে কোন কিছুর আগে সে নিজেকে মানুষ বলে মনে করত এবং তার ভেতরে মনুষ্যত্ব ছিল ভরপুর। তার মনে কাউর প্রতি কোন হিংসা বা রাগ কিছুই ছিল না। তা সত্ত্বেও এক প্রতিবেশী বাদশাহ তাকে হিংসা করে তার বিরুদ্ধে যুদ্ধের ঘোষণ করে। হজরত ওমর ফারুক যুদ্ধের পক্ষপাতি ছিল না এব সর্বদা শান্তির কথাই বলত, কিন্তু সে ভীরু বা দূর্বল ছিল না। ফলে সে তলোয়ার তুলে নেয় শত্রুদের সম্মুখীনতা করার জন্য।

বহুদিন ধরে যুদ্ধ চলে। বাদশাহের সৈনিকরা ক্লান্ত হয়ে পড়েছিল, তাই সে সন্ধি করার জন্য প্রস্তাব পাঠায় এবং তার জন্য তাকে তার দেশে আসতে অনুরোধ করে।

শান্তির প্রতীক হজরত ওমর বাদশাহের কথা মেনে নেয়।

যুদ্ধ বন্ধ হয়ে যায়।

এরপর একদিন হজরত ওমর উটের পিঠের বসে শুধুমাত্র একজন গোলামকে নিয়ে বাদশাহের দেশের উদ্দেশ্য রওন দেয়, কারণ তার মনে কোন রকম ভয় বা দ্বন্ধ ছিল না।

খোদার সেবকদের মনে ভয় থাকে না, সে জীবনকে খোদার সম্পত্তি বলে মনে করত এবং তাঁকেই তার রক্ষা কর্তা বলে মানত। হয়তো এই কারণেই হজরত ওমর যেখানেই যেত না কেন সৈন্য বাহিনী নিয়ে

যেত না। সেদিন তার সাথে একজন মাত্র গোলাম ছিল, সে উটের দড়ি ধরে আগে আগে যাচ্ছিল।

মরুভূমি এলাকা, প্রচণ্ড তেজ রৌদ্দুর।

হজরত দেখে যে, চার ক্রশ পথ তারা চলেছে, এবার তার গোলামও ক্লান্তি অনুভব করছে।

হজরত তাকে দাঁড়ানোর সংকেত দেয়।

গোলাম দাঁড়ালে, উটও দাঁড়িয়ে যায়।

হজরত উট থেকে নেমে যায়, আর বলে, "তুমি ক্লান্ত হয়ে পড়েছে, এবার তুমি উটের পিঠে বস, এবার আমি উটের দাঁড়ি ধরে চলব।"

গোলাম যেন স্তম্ভিত ফিরে পায়, "প্রভু, এটা আপনি কি বলছেন। আমি আপনার গোলাম হয়ে উটের পিঠে বসব আর আপনি দড়ি ধরে হেঁটে যাবেন, এটা কি সম্ভব প্রভু?"

"আমি তোমার সাথে উপহাস করছি না, আমি তোমাকে গোলাম রূপে নয়, মানুষ রূপে দেখছি, অবস্থার পরিপ্রেক্ষিতে মানুষ গোলাম বা বাদশাহে পরিণত হয়, আল্লা তো সকলকেই মানুষ করে পাঠিয়েছেন। এই দুর্গম রাস্তায় আমি শুধু সুখ অনুভব করব আরতুমি দুঃখ, এটা কোন মনুষ্যত্ব নয়, আমরা একসাথে পথ চলা শুরু করেছি, সুতরাং সুখ-দুঃখও দুজনে ভাগকরে নেব, সেটাতেই মনুষ্যত্বের পরিচয়। চলো, এবার তুমি উটের পিঠে বসো। আমি ক্লান্ত হয়ে গেলে, তোমাকে বলে দেব।"

হজরত ওমরের মনের মনুষ্যত্বের পরিচয় পেয়ে গোলামের মাথা শ্রদ্ধায় নিচু হয়ে যায়, তার চোখ বেয়ে জল পড়তে থাকে। সে অনেক রকম ভাবে তার মালিককে কষ্টের হাত থেকে বাঁচাতে চেয়েছিল, অনেক রকম ভাবে তাকে বোঝানোর চেস্টা করেছিল, কিন্তু তার হাজার

চেষ্টা সত্ত্বেও হজরত ওমর যা চেয়েছিল তাই করতে সে বাধ্য হয়।

গোলামকে হজরত ওমরের কথা মানতে হয় এবং সে উটের পিঠে উঠতে বাধ্য হয়।

হজরত উটের দড়ি ধরে চলতে শুরু করে।

হজরত ওমর এবং তার গোলাম দুজনে মিলে পথ চলে তাদের গন্তব্যে পৌঁছে যায়।

তারা দুজন বাদশাহের রাজ্যে পা দেওয়ার সাথে-সাথে বাদশাহের দূত খবর পাঠিয়ে দেয় যে, হজরত ওমর তার রাজ্যে পা দিয়েছে। তাদের স্বাগত জানানোর জন্য বাদশাহ কেল্লার দরজায় তার লোক পাঠিয়ে দেয়।

যে সময় তারা কেল্লার দরজায় গিয়ে পৌঁছায় তখন গোলামের উটের পিঠে বসার পালা ছিল।

মন্ত্রী উটের পিঠে বসা গোলামকে মাথা নত করে সেলাম জানালে, সে থতমত খেয়ে যায়, "ক্ষমা করবেন, মন্ত্রী-মশাই, আমি হজরত ওমর ফারুক নই। যিনি উটের দড়ি ধরে দাঁড়িয়ে আছেন উনি হজরত।"

মন্ত্রী অবাক হয়ে যায়। সে বলে, "তাহলে তুমি কে?"

"আমি তো সামান্য গোলাম প্রভু।" একথা বলে সে উটের পিঠ থেকে নেমে পড়ে এবং তাকে সমস্ত কথা খুলে বলে।

হজরতের মনুষ্যত্বের পরিচয় পেয়ে মন্ত্রীর মাথা শ্রদ্ধায় নিচু হয়ে যায়।

খবরটা হাওয়ায় ভেসে বাদশাহের দরবার পর্যন্ত পৌঁছে যায়। বাদশাহও প্রভাবিত না হয়ে পারে না। সে সঙ্গে-সঙ্গে খবর পাঠায় যে, হজরতকে স্বাগত জানানোর জন্য সে নিজে যাবে কেল্লার দরজায়।

বাদশাহ হাসি মুখে কেল্লার দরজায় এসে উপস্থিত হয়। সে হজরত ওমরের হাত ধরে শ্রদ্ধার সাথে চুম্বন করে এবং হাঁটুর উপর ভর দিয়ে বসে বলে, "আমাকে ক্ষমা করবেন হজরত, যাঁর মনে সামান্য গোলামের জন্য এত দয়া আছে, যে মনুষ্যত্বের পূজারী, তার সাথে যুদ্ধ করে আমি সত্যিই বিরাট অন্যাই করেছি। আজ থেকে আমি আপনাকে আমার শ্রেষ্ঠ্য গুরু বলে মনে করব।"

বন্ধু! এই ঘটনার থেকে আমরা কি শিক্ষা পাইঃ

- কর্মের ভিত্তিতে কাউকে ছোট বলে মনে করা উচিত না।
- মানুষ নিজের জন্য যেমন সুখ চায়, অপরেও যেন তেমন সুখ পায়, সেই ভাবনাই মনে রাখা উচিত। অন্যকে দেওয়া সুখ নিজের সুখের থেকে অনেক বেশী গুরুত্বপূর্ণ এবং প্রশংসার যোগ্য।
- মানুষের সেবা করলে ভগবানের বিশেষ অনুকম্পা লাভ করা যায় এবং এতে করে অতি বড় শত্রুও একদিন তার কাছে মাথা নত করতে বাধ্য হয়।

❑❑❑

সফলতার কোন শর্টকাট হয়না

একটা ছোট্ট গ্রামে দুঃখীরাম নামক এক কৃষক বসবাস করত। তার নাম মাত্র ধৈর্য ছিল না। সর্বদাই সে দুঃখ এবং হতাশায় নিমজ্জিত থাকত। সেই গ্রামে আরোও অনেকলোক বাস করত। তারা যে যার মতন নিজেদের কৃষি কাজ বা অন্য কাজে ব্যস্ত থাকত। প্রায় সকলের কাছেই সমান এবং একই ধরণের জমি ছিল। তা সত্ত্বেও সকলের অবস্থাই স্বচ্ছল থাকলেও দুঃখীরামের অবস্থা খুবই খারাপ ছিল। তার খেতে বেশীর ভাগ সময় ফসল হোতই না, আর হলেও তা অন্য কৃষকদের তুলনায় নিম্নমানের। অন্য কৃষকরা বাড়ীতে সারা বছরের জন্য শস্য রেখে দিত এবং বাজারে বিক্রী করেও বেশ উপার্জন করতে পারত। কিন্তু দুঃখী রামের ফসল তার পরিবারের জন্য পর্যাপ্ত হত না।

এই কারণেই দুঃখীরাম সর্বদা দুঃখে থাকত এব অপরদের হিংসাও করত।

আসলে সে খুবই অদূরদর্শী ব্যক্তি ছিল এবং সবতেই তাড়াহুড়ো করত।

আসলে তার ভেতরে ধৈর্য্য নামক কোন বস্তুই ছিল না।

একবার গ্রামে জলের সংকট দেখা দেয়। বর্ষাকালে সামান্য বৃষ্টি হয়নি, ফসল পর্যাপ্ত জল না পাওয়ার জন্য তা খারাপ হয়ে যায়। এমন অবস্থায় কিছু কর্মঠো কৃষক মাটি খুঁরে কুয়ো বানিয়ে নেয় এবং

সেখান থেকেই নিজেদের খেতে জল দেয়। ফলে তাদের খেত ফসলে ভরে ওঠে।

অন্যদিকে দুঃখীরাম তার পোড়া কপাল নিয়ে দুঃখ করতে থাকে। সে কখনও ঈশ্বরের দোষ দিত, কখনও কপালের, আবার কখনও লোকেদের, যারা কুয়ো খুঁরে ফসলে জল দিয়েছে।

সেই সময় তাদের গ্রামে এক সাধু আসে।

গ্রামের বহু লোক তাকে দর্শন করতে যায় এবং নিজেদের সমস্যার সমাধানও করে।

সকলের দেখাদেখি দুঃখীরামও সাধুর কাছে যায়, তার কাছে গিয়ে তার দুর্ভাগ্যের কান্না কাঁদে। তাকে বৃষ্টি না হওয়ার কথাও জানায়, তখন সাধু মহারাজ বলে, "অন্য কৃষকরা তো নিজেদের খেতেই কুয়ো তৈরী করে নিয়েছিল, তুমি করনি কেন?"

দুঃখীরাম বলে, "আমি চেষ্টা করেছিলাম মহারাজ, কিছু আমার খেত থেকে জলই বের হয়নি।"

"তা কিভাবে সম্ভব, এই পুরো পৃথিবীতো জলের উপরেই টিকে আছে।"

"মহারাজ! জলের কথা বাদ দিন, আপনি আমাকে এমন কোন মন্ত্র দিন না, যাতে আমি অতি শীঘ্র ধনী হয়ে উঠতে পারি।"

"বাবা, পৃথিবীতে এমন কোন মন্ত্র নেই, যা জপ করে মানুষ ধনী হতে পারে। ধনী হতে হলে পরিশ্রম করতে হয়...ধৈর্য্য, জ্ঞান এবং বিচার বিবেচনা করে কাজ করতে হয়। যাও, নিজের জমিতে গিয়ে কুড়ি গজ মাটি খোঁরা, অবশ্যই জল নির্গত হবে এবং তারপর তোমার ধনী হতে সময় লাগবে না।"

সাধুর কথা মতন দুঃখী রাম নিজের খেতে এসে খনন কার্য শুরু

করে দেয়।

পরের দিন সে সাধুর কাছে গিয়ে পুণরায় নিজের দুঃখের কথা বলতে শুরু করে, "আপনি ভুল বলেছিলেন, পৃথিবী জলের উপর টিঁকে আছে, আমার খেতে তো জল নেই।"

সাধু জিজ্ঞাসা করে, "তুমি কতটা গভীর গর্ত খুঁরেছিল।"

"আপনি গভীরের কথা বলছেন, আমি তো পুরো খেতই খুঁরে ফেলেছি, কিন্তু কোথাও এক বিন্দুও জল দেখতে পাইনি।"

"এটা কি করে সম্ভব," সমস্যা বোধ করে সাধু বলে, "চল, তোমার খেত দেখা যাক্।"

সাধু দুঃখীরামকে সঙ্গে নিয়ে খেতের উদ্দেশ্যের রওনা দেয়।

খেতে গিয়ে দুঃখীরাম বলে, "দেখুন মহারাজ, সারা খেত খুঁরে ফেলেছি, কিন্তু কোথাও জলের নাম গন্ধ নেই।"

সাধু দেখে, পুরো খেত কোথাও দুগজ, কোথাও চার গজ খোঁরা। দুঃখীরামের দুঃখ ও পিছিয়ে পড়ার কারণে সাধু বুঝতে পারে। সে বলে, "তুমি এর জন্য দুঃখী, তুমি এরজন্য গরিব দুখীরাম, কারণ তোমার মধ্যে ধৈর্য্য বলে কোন কিছু নেই। তুমি দু গজ, চার-গজ করে প্রায় চারশো গজ মাটি খুঁরে ফেলেছো, কিন্তু যদি তুমি ধৈর্য্য ধরে একই স্থানে পঞ্চাশ-থেকে ষাট ফুট গভীর মাটি খুঁরে ফেলতে তবে, তোমার খেতে জলের অভাব হত না।হয় তো এই কারণেই তোমার ফসলও ভালো হয়না, কারণ বীজ অঙ্কুরিত হওয়ার আগেই হয়তো তুমি মাটি খুঁরে দেখো বীজ অঙ্কুরিত হয়েছে কিনা। মনে রেখো দুঃখীরাম সফলতা, উন্নতি এবং ধনী হওয়ার মূল মন্ত্র হল–ধৈর্য্য। ধৈয্যহীন মানুষ কখনই সফল এবং ধনী হতে পারবেন না। যতক্ষন না তুমি ধৈর্য্য ধরতে পারছো, ততক্ষণ পর্যন্ত তুমি উদ্ধার হতে পারবে না।"

এই বলে সাধু তার খেত থেকে বেরিয়ে মন্দিরের দিকে চলে যায়।

বন্ধু, আমাদের অসফলতা, অবনতি, দরিদ্রতা এবং পিছিয়ে পড়ার কোন না কোন কারণ তো অবশ্যই আছে ?

আমরাও অতি শীঘ্র সফল হওয়ার ইচ্ছায় দুঃখীরামের মতন নিজেদের লক্ষ্য, ব্যবসা এবং বিচার-বিবেচনা বদলাতে শুরু করি না তোঁ

জীবন এলোমেলো হওয়ার কারণ এটা হয় তো ?

এই গল্পের থেকে আমরা কি শিক্ষা পাইঃ

- সফলতার কোন শর্ট কাট হয় না।
- আমরা যে কাজ করছি, তাতে আমরা তখনই সফলতা পেতে পারি, যখন আমরা ধৈর্য্যের সাথে বিচার-বিবেচনা করে পরিশ্রম করব।
- একশো স্হানে 2-2 ফুট না খুঁরে আমাদের একই স্হানে 50 ফুট জমি খুঁরতে হবে। তবেই আমরা অমৃতরূপী জল (সফলতা) পান করতে পারব, অন্যথা সারা জীবন এলোমেলো ভাবে, অশান্তিতে, হিংসা, অসন্তুস্টি ও ঘৃণার মধ্যে দিয়ে কাটবে।

❑❑❑

বর্তমানের মধ্যেই লুকিয়ে আছে সফলতার রহস্য

তার নাম ছিল চাল্‌র্স ক্যাডরিন।

এটা সেই সময়কার কথা, যখন মোটর গাড়ি ইংরাজী অক্ষর 'জেড' আকারের একটা বড় চাবি দিয়ে স্টার্ট করা হোত। কথ্য ভাষায় একে আমরা 'হ্যাণ্ডেল মারা' বলে থাকি। এর জন্য শক্তির প্রয়োজন হোত এবং বহু রকম সমস্যাও ভোগ করতে হোত, সেটা আলাদা ব্যাপার। চালর্স ক্যাডরিন এমন কিছু আবিস্কারের কথা ভাবতেন, যাতে মোটর গাড়ীও ঘরোয়া তালার মতন ছোট্ট চাবি দিয়েই স্টার্ট হতে পারে। তিনি এই কথা তাঁর বন্ধুদের বলেন কিন্তু কেউই তাঁর কথায় গুরুত্ব দেয় না। বেশীর ভাগ লোকেরাই ভেবেছিল যে এটা অসম্ভব ব্যাপার। একটা ছোট্ট চাবি এত বড় মোটর গাড়ীকে কিভাবে চালাবে। বন্ধুরা যাই বলুক না কেন, চার্লস ক্যাডরিন বিশ্বাস করতন যে, এক না একদিন তার বিচার অবশ্যই সত্যি বলে প্রমানীত হবে। তিনি সেল্‌ফ স্টার্টের টেকনিক আবিস্কার করত শুরু করেন।

এই সময় চার্লস ক্যাডরিন ছিলেন, "জেনারল মোটর্স রিসার্চ কর্পোরেশানের" ভাইস প্রেসিডেন্ট। তাঁর স্বপ্ন পূরণের জন্য তাঁর প্রচুর সময়ের প্রয়োজন ছিল, তাই তিনি চাকরি ছেড়ে দেন।যে কোন রিসার্চ বা আবিস্কারের জন্য পয়সারও প্রয়োজন। কাজ শুরু করার ফলে পয়সাও খরচ হতে থাকে। ধীরে-ধীরে চার্লসের ব্যাঙ্ক ব্যালেন্স শেষ হতে থাকে, একদিন ব্যাঙ্কের খাতা 'নিল' হয়ে যায়, কিন্তু তখন চার্লস সফল হয়নি। কাজ চালিয়ে যাবার জন্য আরোও পয়সার

দরকার ছিল। হতাশ হয়ে কাজ বন্ধ করার পরিবর্তে তিনি তাঁর সম্পত্তি (জমি-গয়না প্রভৃতি) বিক্রী করতে থাকেন, এবং নিজের কাজ চালিয়ে যান। তিনি চাইতেন না যে, পয়সার অভাবের কারণে, তাঁর স্বপ্ন ভঙ্গ হোক। কাজ শেষ হওয়ার আগেই পয়সা শেষ হয়ে যায়। তখন তাঁর কাছে বিক্রী করার মতন আর দুটি জিনিস ছিল। এক তাঁর পৈতৃক খেত, যা তিনি বিক্রী করতে চায়নি, ফলে তাঁকে তার বসত বাড়ী বিক্রী করতে হয়। বাড়ী বিক্রী করার পর চার্লস খেতে একটা কুঁড়ে ঘর বানিয়ে তাতেই তাঁর বৌ-বাচ্চাকে রেখে দেন।

পুণরায় কাজ শুরু হয়ে যায়। চার্লস নিজের কাজ নিয়ে এতই মগ্ন থাকত যে, তিনি তাঁর আত্মীয় বা বন্ধুদের সাথে পর্যন্ত দেখা করতে যেতে পারতেন না। যার ফলে তাঁর বহু বন্ধু ও আত্মীয়রা মন ক্ষুন্ন হয়। তারা ভাবে চার্লস তাঁর বাতিকের জন্য সারা পরিবারকে ধ্বংস করে দিচ্ছে।

চার্লসের কিছু বন্ধু তাঁর স্ত্রীকে বলে, "আপনি কেন ওকে বাধা দিচ্ছেন না। ও তো সব শেষ করে ফেলছে, আপনি ও কি বাচ্চাদের ভবিষ্যৎ-এর কথা ভাবছেন না?"

মিসেস ক্যাডরিন বলেন, "আমি প্রচণ্ড চিন্তায় আছি, খুব কষ্টের মধ্যে দিয়ে দিন কাটছে। ক্যাডরিন সাহেব নিজেও কম কষ্ট ভোগ করছেন না, আমাদের কথা বাদ দিন, ওনারনিজের কথা পর্যন্ত চিন্তা করার সময় নেই। উনি সর্বদা নিজের কাজ নিয়ে ব্যস্ত।"

প্রচুর সমস্যা সহ্য করেও চার্লস ক্যাডরিন নিজের কাজ চালিয়ে যান। তিনি বিশ্বাস করতেন যে, একদিন তিনি অবশ্যই সফল হবেন, কিন্তু অন্যরা ভাবত যে তিনি তাঁর পয়সা এবং সময় দুটিই অপচয় করছেন।

শেষ পর্যন্ত একদিন চার্লস ক্যাডরিনেরপরিশ্রম সফল হয়, তিনি নিজের স্বপ্ন সার্থক করে দেখান।

যেদিন উনি সেল্‌ফ স্টার্টের সফল প্রদর্শন করেন, সেদিন লোকেরা অবাক হয়ে তাকিয়ে থাকেন।

মোটরকার শিল্পের লোকের রাতারাতি তাঁর টেকনিক কিনে নেয় এবং দেখতে-দেখতে তার বাড়ীতে অর্থের বন্যা দেখা যায়।

এরপর, চার্লস ক্যাডরিন স্টারে পরিণত হল। সারা পৃথিবীর সাংবাদিকরা তাঁকে ঘিরে ফেলে। বড়-বড় খবরের কাগজের প্রতিনিধিরা তাঁর ইন্টারভিউ নেওয়ার জন্য তাঁর পিছন-পিছন ঘুরতে থাকে। এমনই এক ইন্টারভিউরে সময় এক বিশেষ সাংবাদিক তাঁকে জিজ্ঞাসা করেন, "আপনি অগুণতি সমস্যাও বাধার সম্মুখীনতা করেছেন, কিন্তু কখনই নিজের লক্ষ্য ত্যাগ করেননি, এর পিছনে কি কারণ আছে ? এত ধৈর্য্য কোথা থেকে কিভাবে পেলেন ?"

এই প্রশ্নের উত্তর দেওয়ার জন্য চার্লস ক্যাডরিন এই সাংবাদিককে নিজের কুঁড়ে ঘরে নিয়ে যান। সেখানে একটা ছোট্ট টেবিলে বহু জিনিস পড়েছিল, কিন্তু তার মধ্যে একেবারে আলাদা, এক অসাধারণ জিনিস পড়েছিল, সেটা হল একটা পাথরের টুকরো, আর তাতে লেখা ছিল, 'আজ'।

পাথরের এই টুকরোটারদিকে ইশারা করে চালর্স ক্যাডরিন বলে, "এটা দেখুন, এটাই আমার সফলতার রহস্য। আমি 'আজ'-এর গুরুত্ব বুঝেছিলাম, আর 'আজ'ই আমার বিশ্বাসের প্রতীক। এটা দেখে প্রতিদিন আমার মনে এই বিশ্বাসই জেগে উঠত যে, 'আজ' আমি অবশ্যই নিজের কাজে সফল হব আর এই বিশ্বাসই আমাকে সফলতা এনে দেয়। আমি গত কালের কথাও ভাবিনা, আবার আগামী কাল নিয়েও ভাবিনা, গত কাল হতাশ এনে দেয়, আগামী কালের কথা ভাবলে অলসতার সৃষ্টি হয়, তাই আমি সে সব কথা না ভেবে শুধুমাত্র আজকের কথা ভাবি, আর আপনারা দেখতেই পাচেছন 'আজ' আমি সফল।"

বন্ধু, এই ঘটনার থেকে আমরা উৎকৃষ্ট মানের শিক্ষা পাই, যারা আমাদের সম্পূর্ণ জীবনটাকেই বদলে দিতে পারে। এই ঘটনার সারমর্ম বুঝতে পারলে অতি সাধাণর থেকে সাধারণ মানুষও লোহাকে সোনায় পরিণত করার পরশ পাথর হয়ে উঠবে।

◆ 'আজ'-ই সত্য, 'আজ'-ই শাশ্বত।
◆ প্রতিটি কাজ 'আজ'-ই সম্পন্ন হয়।
◆ যা কে আমরা আগামী বলি তাও 'আজ' হয়ে আমাদের সামনে এসে দাঁড়ায়।
◆ কাল নামক কোন কাল, কোন বার, কোন তারিখ এই পৃথিবীতে নেই।
◆ যে ব্যক্তি সততার সাথে 'আজ'-কে ব্যবহার করতে পারে, তার কখনও কালের প্রয়োজন হয়না।
◆ যারা 'আজ' নিয়ে বাঁচে, বর্তমানকে নিয়ে বাঁচে তারাই সার্থক।
◆ যারা 'আজ' নিয়ে বাঁচে তারা সফল হয়ই।
◆ 'আজ'কে বাঁচুন, যা করার আজই করুন।

❑❑❑

বালক বল্লভের সংকল্প

ভারতের প্রথম গৃহমন্ত্রী সর্দার বল্লভভাই প্যাটেলের শৈশব কেটেছিল এক গ্রামে। তিনি যে গ্রামে বসবাস করতেন, সেখানে এমন কোন স্কুল ছিল না, যাতে ইংরাজী পড়ানো হোত। তাই যারা ইংরাজী পড়তে আগ্রহী ছিল তাদের দশ-বারো কিলোমিটার পায়ে হেঁটে এক নিকটবর্তী গ্রামে যেত হত পড়তে। তখন যাতায়াত করার বিশেষ কোন উপায় ছিল না।

স্কুল সকাল সাতটায় শুরু হয়ে যেত, তাই ছাত্রদের অন্ধকার থাকতেই বাড়ী থেকে বেরিয়ে পড়তে হোত।

রাস্তা দিয়ে যেতে হলে বহু সময় লেগে যেত, তাই বেশীর ভাগ ছাত্রই খেতের আলধরে যাতায়াত করত।

যে আল ধরে ছাত্ররা যেত সেখানে এক বিরাট পাথর ছিল, অন্ধকারে ধাক্কা খেয়ে প্রতিদিন কোন না কোন ছাত্র পড়ে যেত।

একদিন ছাত্ররা আল পার করে দেখে তাদের একজন সাথী কম, আর তিনি হলেন বল্লভ।

"আরে! বল্লভ কোথায় গেল?"

"মনে হচেছ, পিছনে পড়ে গেছে।"

"চলতো দেখি, ওর সাথে কোন দুর্ঘটনা ঘটে যাইনি তো।"

সকলেই আলের রাস্তায় ফিরে যায়।

বেশ কিছুটা যাওয়ার পর তারা দেখে, বল্লভ মাটির থেকে বড় পাথরটা উপরানোর চেষ্টা করছে, যাতে ধাক্কা লেগে প্রায়ই কেউ না কেউ আহত হত।

একজন ছাত্র জিজ্ঞাসা করে, "বল্লভ এটা কি করছিস ?"

"নিজের পথের বাধা সরানোর চেষ্টা করছি। এই পাথরটা প্রতিদিনই চলার পথে বাধার সৃষ্টি করে, তাই বাড়ী থেকেই ঠিক করে এসেছিলাম, আজ এটাকে রাস্তা থেকে সরিয়েই ছাড়ব।"

"কিন্তু এটা তো বেশ ভারী আর বেশ অনেকটাই মাটির ভেতরে পোঁতা।"

"সংকল্প তো সংকল্পই, এটা পাতাল পর্যন্ত পোঁতা থাকলেও, আজ আমি এটাকে তুলেই ছাড়ব।"

ছাত্ররা একত্রে বলে, "আমরা সবাই তোর সাথে আছি বল্লভ, আমরা সকলে মিলে এটাকে সরাগ" আরএইভাবে সমস্ত ছাত্র মিলে তাদের পথের বাধা সরিয়ে ফেলে। তারপর জয়ের গৌরবে আচছাদিত হয়ে সকলে স্কুলের দিকে এগিয়ে চলে।

বল্লভভাই এই পাথরে কোনদিন ধাক্কা খাননি, কিন্তু তার কয়েকজন সাথি এই পাথরে ধাক্কা খেয়ে আহত হয়েছে, যার ফলে বল্লভভাই দুঃখ পেয়েছিলেন। অপরের আঘাতে আহত হওয়ার ফলেই বল্লভভাই এই সংকল্প নিয়েছিলেন, যার ফলে সকলের চলার পথ সুবিধাজনক হয়ে ওঠে।

বন্ধু ! এই ঘটনার থেকে আমরা কি শিক্ষা পাইঃ

◆ পথে বাধা প্রদানকারীর থেকে বাধা অতিক্রমকারী অবশ্যই উদ্দেশ্যে সফল হয়।

◆ সংকল্প শক্তি থেকে বড় কোন শক্তি নেই। সংকল্প নিয়ে যে কোন ভালো কাজ করলেই তাতে অবশ্যই সফলতা পাওয়া যায়।

◆ অপরের দুঃখকে নিজের দুঃখ বলে মনে করা উচিত এবং যথা সম্ভব তা নিবারণের চেষ্টা করা উচিত, এটাই সবচেয়ে বড় মানবতা।

❑❑❑

গান্ধিজীর ভুল কথা

সন্ত ভিনোভা ভাবে নিজের আশ্রমে বসেছিলেন। তাঁর সামনে তাঁর কয়েকজন ছাত্রও বসেছিল। কোন একটা গুরু-গম্ভীর বিষয়ে আলোচনা চলছিল। সেই সময় আশ্রমের একজন কার্যকর্তা ভিনোবা এক ভাবে কে একটা চিঠি এনে দেয় এবং বলে যে এই চিঠি মহাত্মা গান্ধি পাঠিয়েছেন।

ভিনোবা ভাবে চিঠিটা খুলে পড়তে শুরু করেন। চিঠিটা পড়তে-পড়তে তাঁর মুখে বিভিন্ন রকম ভঙ্গীর উদয় হয়। বিরক্তির সাথে চিঠিটা পড়ে নিয়ে তিনি চিঠিটা ছিঁড়ে ফেলেন।

ভিনোবাভাবে গান্ধিজীর চিঠি ছিঁড়ে ফেলেন দেখে ছাত্ররা অবাক হয়ে যায়, আসলে তিনি গান্ধিজীর চিঠি খুবই যত্ন করে রেখে দিতেন, এটা সকলেই জানত।

ছাত্ররা এতটাই উৎসুক হয়ে যায় যে, তাঁকে জিজ্ঞাসাই করে ফেলে যে, "গুরুদেব, আপনি গান্ধিজীর চিঠি ছিঁড়ে ফেললেন?"

"হ্যাঁ, আমি ছিঁড়ে ফেলেছি।"

"কিন্তু, আপনি তো ওনার পুত্র খুবই যত্ন সহকারে রেখে দেন।"

"হ্যাঁ, সেই চিঠি গুলি রাখি যাতে সঠিক কথা লেখা থাকে, কিন্তু এতে কিছু ভুল কথা লেখা ছিল, তাই চিঠিটা যত্ন করে রেখে দেওয়ার পরিবর্তে ছিঁড়ে ফেলে দিলাম।"

"কিন্তু আপনি তো বলেন গান্ধিজী সত্যের প্রতিমূর্তি, তাহলে উনি চিঠিতে অসত্য বা ভুল কথা লিখবেন কেন ?"

ভিনোবা ভাবে কিছু বলতে যাচিছলেন, তখনই অন্য আরএকজন ছাত্র জিজ্ঞাসা করে, "গুরুদেব, যদি উচিত মনে করেন এবং গোপনীয় না হয় তাহলে দয়াকরে বলবেন গান্ধিজী এন কি ভুল কথা লিখেছেন ?"

"চিঠিতে গান্ধিজী আমার প্রশংসা করেছেন, তাঁর মতে এই পৃথিবীর সর্বশ্রেষঠ এবং গুনি ব্যক্তি হলাম আমি, কিন্তু প্রকৃত সত্য হল এই পৃথিবীতে আমার থেকেও গুনি এবং শ্রেস্ঠ ব্যক্তি আছে।"

"গুরুদেব, গান্ধিজী তো ভুল কিছুই বলেননি।"

"কিন্তু তা সত্ত্বেও আমি চিঠিটা ছিড়ে ফেলাই উচিত বলে মনে করলাম, কারণ যখনই আমি এই চিঠিটা পড়তাম তখনই আমার মনে অহংকার জন্মাত। মনে রেখো, অহংকারই ব্যক্তির উন্নতির পথে সবচেয়ে বড় বাধা সৃষ্টি করে। মানুষ যত উপরেই উঠুকনা কেন, ততদিন সে উপরে উঠতে পারে যতদিন না তার মনে অহংকার জন্মায়। অহংকার এসে গেলেই তার উপরে ওঠার সমস্ত রাস্তা বন্ধ হয়ে যায় এবং পতনের রাস্তা খুলে যায়।"

শিষ্যরা বিনোবা ভাবের মুখ অবাক হয়ে দেখতে থাকে।

বন্ধু! এই ঘটনার থেকে আমরা কি শিক্ষা পাইঃ

◆ নিজের প্রশংসা শোনার পর কোন খারপ স্বপ্ন মনে করে তা ভুলে যাওয়া উচিত। তা মনে রাখলে এবং বারবার সেই নিয়ে চিন্তা করলে মনে অহংকার উৎপন্ন হয়। অহংকারের উৎপত্তিই পতনকে ডেকে আনে।

- কোন ব্যক্তির মধ্যে যদি শতকোটি গুণ থাকে এবং তার মধ্যে যদি অহংকার নামক একমাত্র দোষ থাকে, তবে সে কখনই উন্নতি করতে পারবে না।
- বিদ্বান এবং জ্ঞানী ব্যক্তিদের কাছে প্রশংসা বিষের সমান, নিন্দা এবং সমালোচনা তাদের কাছে অমৃতের সমান। সমালোচনা মানুষকে পরিবর্তনের সুযোগ এনে দেয় এবং প্রশংসা আত্ম পতনের পথ খুলে দেয়।

❑❑❑

ভিত্তি প্রস্তর

লালবাহাদুর শাস্ত্রী খুবই বিনয়ি এবং হাসি খুশী স্বভাবের লোক ছিলেন। তাঁর ভাষণ শৈলীও ছিল খুবই প্রভাবশালী। দেশপ্রেম এবং জনসেবার ইচছা ছিল তাঁর মধ্যে ভরপুর। অপরকে আকর্ষিত এবং প্রভাবিত করার ক্ষমতা ছিল তাঁর ভেতরে। তাঁর এই গুণ গুলির জন্যই তঁকে লোকসেবা মণ্ডলের সদস্য বানানো হয়, এর জন্য তিনি একটু সংকোচবোধ করেন। আসলে তিনি চাননি যে, খবরের কাগজে তাঁর নাম আসুক, লোকে তাঁর নামে গুণ গান করুন বা তাঁকে স্বাগত জানানোর জন্য ফুলের স্তবক নিয়ে আসুক।

একদিন শাস্ত্রীজীর এক বন্ধু তাঁকে জিজ্ঞাসা করে, "খবরের কাগজে নাম আসার ব্যাপারে আপনার এত আপত্তি কিসের?"

শাস্ত্রী জী কিছুক্ষণ চুপ করে থেকে বলেন, "লালাজী (লালা লাজপত রায়)" লোক সেবা মণ্ডলে দীক্ষা দেওয়ার সময় আমাকে একটা কথা বলেছিলেন, সেই কারণেই আমি চাইনা যে আমার নামে কোন প্রচার হোক।"

বন্ধু খুবই অবাক হয়ে জিজ্ঞাসা করে, "লালাজী এমন কি বলেছিলেন?"

লালাজী বলেছিলে, "লালবাহাদুর, তাজমহলে দু-রকমের পাথর লাগানো আছে। একটা অসাধারণ শ্বেত পাথর, যা সারা পৃথিবী অবাক হয়ে দেখে এবং সেটার চাক্‌চিক্য দেখে সকলেই প্রশংসা করে। অন্য আরএক প্রকার পাথর আছে তাজমহলের ভিতে, যা অন্ধকারে

থাকে, কেউ কখনও তার প্রশংসা করেনি, কিন্তু সবচেয়ে বড় সত্য হল তার বলেই তাজমহল টিকে আছে। তুমিও লোকসেবা মণ্ডলের ভিত্তি প্রস্তর হও, যাতে তাও তাজমহলের মতন দৃঢ়তার সাথে দাঁড়িয়ে থাকতে পারে।" আমি লালাজীর এই কথা গুলি অক্ষরে-অক্ষরে পালন করি, এবং লোকসেবা মণ্ডলের ভিত্তি প্রস্তর হয়ে উঠতে চাই। এই কারণেই প্রচারের ব্যাপারে আমার এত আপত্তি।"

শাস্ত্রী জীর কথা শুনে তাঁর বন্ধু অবাক হয়ে তাঁকে দেখতে থাকে। এই নিস্পাপ মুখ, সেখানে না প্রচারের, না স্বার্থের কোন কিছুরই খিদে ছিলনা। এই মুখে যদি কোন কিছু দেখা যেত তা হল–**নিঃস্বার্থ সেবা, রাষ্ট্রভক্তি এবং সমর্পন।**

বন্ধু! এই ঘটনার থেকে আমরা কি শিক্ষা পাইঃ

- যে ব্যক্তির মধ্যে প্রকৃত সেবার ইচ্ছা থাকে, নিঃস্বার্থ পরতা এবং সমর্পনের ইচ্ছা থাকে, তার উজ্জ্বলতা শত কোটি সূর্যের থেকেও বেশী হয়, সে একদিন বিশ্বব্যাপী নিজের উজ্জ্বলতা বিকিরণ করতে সক্ষম হয়, ভারতের মতন গণতান্ত্রিক দেশের দ্বিতীয় প্রধান মন্ত্রী হয়ে লালবাহাদুর শাস্ত্রী সেই আলোই বিকিরণ করেছিলেন।
- শাস্ত্রীজী কখনই নিজের কর্মের শ্রেয় নিজের উপর নেননি, বরং উনি দেশের কৃষক এবং সৈনিকদেরই প্রাধান্য দিয়েছেন। তাঁর স্লোগান সর্বদাই অমর থাকবে–'জয় জোয়ান জয় কিসান।'

মনে রাখবেন, নিঃস্বার্থ ভাবে সমর্পনের সাথে নিজের কার্য করে চলা উচিত। সুগন্ধ কখন কেউ চেপে রাখতে পারেনা, তা ছড়িয়ে পড়বেই। ভালো কার্য এবং সেবা-সমর্পনের ভাবই ব্যক্তিকে সফতলর উচ্চ শিখরে নিয়ে যেতে পারে।

❑❑❑

পিপাসা লাগার ফলে নাদির বোঝে জয়ের রহস্য

কর্নালের মাঠে মহম্মদ শাহ 'রঙ্গীলা' এবং নাদির শাহের সৈন্য বাহিনীর মধ্যে প্রচণ্ড যুদ্ধ চলছিল। ভয়ঙ্কর মারামারি চলছিল। ময়দান শব দেহে ভরেগেছিল এবং তার মধ্যে অধিকাংশই ছিল মোঘল সৈন্য।

দেখতে-দেখতে মহম্মদ শাহের সেনারা হেরে যায়।

নদির শাহের বিজয় ধ্বনি বেজে ওঠে।

মোঘল বাদশাহ দূত প্রেরণ করে নাদির শাহের অধীনতা স্বীকার করে নেয়।

তারপর নাদির শাহের সৈন্যবাহিনী দিল্লীর দিকে রওনা দেয়। দিল্লী পৌঁছানোর পর নাদির শাহ মহম্মদ শাহকে ভদ্রোচিত ভাবে স্বাগত জানায়। দরবারে নাদির শাহ উঁচু আসানে বসে এবং মহম্মদ শাহ নীচু ও ছোট আসনে। সহসা নাদির শাহ জল পান করার ইচছা প্রকাশ করে। মহম্মদ শাহ সঙ্গে সঙ্গে তার দাস-দাসীদের সংকেত দেয়।

অনেক দেরী হয়ে গেছিল, কিন্তু জল আসছিল না।

নাদির শাহ কিছু বলার আগেই চর্তুদিকে নাকারা এবং রণশিঙ্গা বেজে ওঠে।

নাদির শাহ ভাবে হয়তো কোন জলসা শুরু হচেছ। কিন্তু তখনই সে দেখে যে, একদল দাস-দাসী সোনা-রূপোর থালা নিয়ে আসছে।

থালায় গ্লাস, পানপাত্র সবই আছে।

নাদির শাহ বুঝতে পারে এই আরম্বরের আওজন তাকে জলপান করানোর জন্য।

এই সব দেখে সে অবাক হয়ে মহম্মদ শাহকে বলে, "এখন আমি বুঝতে পারছি এত বড় সৈন্যদল থাকা সত্ত্বেও কেন আপনি হেরে গেছেন।"

তারপর সে নিজের ভিমডীকে (যে বড় চামরার ব্যাগে জল বহন করে) ইশারা করে ডাকে।

নাদির শাহ নিজের টুপি খোলে, তাতে জল নেয়, চক্‌চক্‌, করে তা পান করে পুণরায় টুপি পরে নেয়। তারপর সে মহম্মদ শাহকে বলে, "যদি আমিও এই ভাবে বিলাসীতা করতাম, যদি এত আরাম ও আরম্বরের মধ্যে দিয়ে জীবন কাটাতাম তবে কখনই পারস্য থেকে হিন্দুস্থানে পৌঁছাতে পারতাম না।"

লজ্জায় রঙ্গীলা বাদশাহের মাথা কাটা যায়।

এই ঘটনার থেকে আমরা কি শিক্ষা পাইঃ

◆ ব্যক্তির কখনই বিলাসিতা করা উচিত না, কারণ বিলাসিতাই পতনের পথকে সুগম করে দেয়।

◆ যে ঘরের প্রধান বিলাসপ্রবন ব্যক্তি হয়, সেই পরিবারের বাকি সমস্ত সদস্য থেকে শুরু করে, চাকর-বাকর পর্যন্ত সকলেই দুনীতি গ্রস্হ হয়ে পড়ে এবং কখনই তারা নিজের কর্তব্যের প্রতি সজাগ হতে পারে না।

◆ ইতিহাস সাক্ষী দেয় যে, শক্তিশালী এবং পরাক্রমী হওয়ার সত্ত্বেও শুধু মাত্র বিলাসীতার জন্যই বহু রাজার পতন ঘটেছে। এর একটা অন্যতম উদাহরণ হল মগধের রাজা মহাধর্মনন্দ, যাকে আচার্য চাণাক্য সমূলে নস্ট করে দিয়েছিল।

- অনৈতিক ভোগ-বিলাস এবং যারা আড়ম্বরপূর্ণ জীবন যাপন করে তাদের শত্রু ঘরে এসে তাকে পরাস্ত করে যায়, যেমন নাদির শাহ করেছিল মহম্মদ শাহকে।
- কোন ব্যক্তিরই ভোগ-বিলাসকে গুরুত্ব দেওয়া উচিত না, আড়ম্বর করবেন না, সর্বদা সজাগ ও তটস্থ থাকবেন, কারণ এমন লোকেরাই জয়ী হতে পারে।

❑❑❑

অসৎ পথে রোজগার

ইঞ্জিনিয়ারিং ডিগ্রী প্রাপ্ত করার পর এক যুবক চাকরির সন্ধান করতে থাকে। তার সংসারের অবস্হা খুবই খারাপ ছিল, সেই কারণে যে কোন মূল্যেই তার একটা ছোট-বড় চাকরির প্রয়োজন ছিল। এই সময়তে একটা কোম্পানী একটা চাকরির জন্য বিজ্ঞাপন দিয়েছিল। বিজ্ঞাপনে বিশেষ করে বলা হয়েছিল যে প্রার্থীকে টাইপিং জানতেই হবে। কোম্পানী ছিল নতুন টেকনলজি সম্পর্কিত। এই ছেলেছি ভাবে, যদি কোন মতে এই কোম্পানীতে চাকরিতে পেতে পারে তবে সে বহু কিছু শেখার সুযোগ পাবে এবং উন্নতিরও সুযোগ পাবে। ফলে সে অতি শীঘ্রই আবেদন করে দেয়।

কম্পানী অন্যান্য প্রার্থীদের সঙ্গে তাকেও ডাকে এবং তার কাছে ইঞ্জিনিয়ারিং-এর ডিগ্রী থাকার ফলে চাকরি তাকেই দেওয়া হয়।

এই যুবকটি নির্বাচিত হওয়ার পর চাকরিতে জয়েন করার আগে ম্যানেজমেন্টের কাছ থেকে চারদিনের সময় চেয়ে নেয়।

সময় পেয়েও যায়।

ঠিক পঞ্চম দিনে ছেলেটি জয়েন করে।

সে মন দিয়ে এবং যথেস্ট পরিশ্রমের দ্বারা প্রদত্তকার্য করে ফেলে।

ম্যানেজার তাকে জিজ্ঞাসা করে, "তোমাকে তো চারদিন আগেই নির্বাচন করে নেওয়া হয়েছিল, কিন্তু তুমি আজ জয়েন করলে কেন ? তুমি কি অন্য কোথাও আবেদন করেছিলে ?"

যুবকটি বলে, "না স্যার, এর কারণ হল এখানে আমাকে টাইপিস্টের কাজও করতে হবে, কিন্তু টাইপে আমার স্পীড ভালো ছিল না। এই চারদিন ও আমি ক্রমাগত টাইপিং করে নিজেকে শুধেছি এবং স্পীডও বৃদ্ধি করেছি। কোম্পানী যেন আমার বিরুদ্ধে কোন রকম নালিশ জানাতে নাপারে, সেই কারণেই আমি এসব করেছি। যদি আমি এই ঘটনাটা লুকিয়ে চার দিন আগেই জয়েন করে ফেলতাম এবং এখানে বসে স্পীড ঠিক করতাম, তবে চারদিনের যে টাকা কোম্পানী আমাকে দিত তা সৎ পথের রোজগার হত। তা কেম্পানীকে চুরি করার মতনই হত। আমি চারদিন ভালো প্রদর্শন করতে পারতাম না ফলে আপনারা আমার প্রতি বিশ্বাসও নষ্ট হয়ে যেত। তাই জয়েন করার আগে আমি নিজের দুর্বলতা দূর করার চেষ্টা করেছি, যাতে আপনার কাজ সময় মতন করতে পারি এবং আমার মনের মধ্যেও যেন কোন রকম দ্বিধা না থাকে।"

"গুড", ম্যানেজার তার কাঁধে হাত দিয়ে বাহবা দিয়ে বলে, "নিজের কাজের ব্যাপারে তোমার যে চেষ্টা আছে, যে দায়িত্ব বোধ আছে, তা দেখে আমি খুবই খুশী হয়েছি। আমার মন বলছে এই গুণের জন্য তুমি একদিন খুবই উন্নতি করবে।"

ম্যানেজারের মুখের কথা ঠিক বলেই প্রমাণীত হয়।

এই কর্তব্যপরায়ন, দায়িত্ববান, সৎ যুবকটি ভবিষ্যৎ-এ সংযুক্ত রাষ্ট্রের রাষ্ট্রপতিতে পরিণত হয়, তার নাম অর্ধর্ট ক্লার্ক।

এই ঘটনার থেকে আমরা কি শিক্ষা পাইঃ

- কাজ করার সুযোগ পেলে, মানুষের তা হাতছাড়া করা উচিত না।

- এই পৃথিবীতে কোনকাজই ছোট-বড় নয়, ইঞ্জিনিয়ার হওয়া সত্ত্বেও আর্থার ক্লার্ক একটা মামুলি টাইপিস্টের কাজ করতে রাজী হয়েছিলেন। এর থেকেই প্রমাণ পাওয়া যায় যে ছোটর থেকেই বড়-বড় কাজ শুরু হয়।
- ব্যক্তিকে নিজের কাজের প্রতি, নিজের কর্তব্যের প্রতি, নিজের প্রতিষ্ঠানের প্রতি সর্বদা সততা বজায় রাখা উচিত।
- কোন কাজ না করে যদি আপনি কাউর থেকে কিছু নেন তবে তাএক প্রকার প্রবঞ্চনা, এক প্রকারের চুরি যার বোঝা সারা জীবন আপনাকে বহন করতে হবে।

তাই–সর্বদা সততার সাথে নিজের কাজ করুন।

❑❑❑

অতীতের সত্যি

কোন এক গ্রামে সৎ, বোঝদার, শিক্ষিত এবং খুবই সজ্জন এক ব্যক্তি বাস করত। কিন্তু তারদিন কাটত খুবই কষ্টের মধ্যে দিয়ে, কারণ তার কাছে কৃষি কাজ করার মতন পর্যাপ্ত জমি ছিল না এবং গ্রামে তার যোগ্য অন্য কোন কাজও ছিল না। তাই তার কোন উপার্জের পথই ছিল না।

একবার সে কোন নিকটবর্তী শহরে গিয়ে চাকরি করার কথা ভাবে। যেমন ভাবা তেমনি কাজ। সে এক শহরে গিয়ে উপস্থিত হয়। সেখানে সে এক শেঠের কাছে যায় একটা জীবিকার সন্ধানে। সেই শেঠও ছিল খুবই দয়ালু ব্যক্তি। এই ব্যক্তির দুরাবস্থা দেখে সে তাকে একটা সাধারণ চাকরিতে রেখেই দেয়।

তার ভেতরে জ্ঞান, বৃদ্ধি, দূরদর্শিতা এবংজ্ঞান ছিল। শেষে তার গুণের কদর করে তাকে অতি শীঘ্রই মুনিমের পদে নিযুক্ত করে।

সে মন দিয়ে, পরিশ্রমের সাথে নিজের কাজ করতে থাকে। সে এতটাই ভালো পরামর্শ দিত যে, শোঠের ব্যবসাও দ্রুত গতিতে উন্নত হতে থাকে এবং সেই সাথেই শোঠের মনে তার সম্পর্কে প্রতিষ্ঠা ও সম্মান বৃদ্ধি পেতে থাকে।

কিন্তু একদিন! শেঠজীর মুনিমের একটা কথায় খটকা লাগে।

সেদিন, দুপুরে খাওয়া-দাওয়ার পর মুনিম নিজের ঘরে চলে যায়। এটা কোন নতুন ঘটনানয়, মুনিম প্রতিদিনই খাওয়ারপর এক ঘন্টা আরাম করতে যেত। এই কথাটা শেঠও জানত, কিন্তু এই দিন শেঠ প্রথমবার খেয়াল করে যে, সে ঘরে গিয়ে ছিটকিনি লাগিয়ে দেয়।

শেঠের মনে সন্দেহ আসা মাত্রই তার আগুন ধিক্‌ধিক্‌ করে জ্বলতে থাকে। সে ভাবে, "আমি তো মুনিমের কাছে কোন কথা গোপন করিনা, লাভ-লোকশানের সমস্ত কথাই ও জানে। তাহলে এমন কি বিষয় আছে যা মুনিম আমার কাছে গোপন করে?"

এই ভাবেই বেশ কিছদিন কেটে যায়। শেঠ প্রতিদিনই খেয়াল করতে থাকে যে, মুনিম ঘরে গিয়ে ছিটকানি দিয়ে দেয়, আর সে মনে-মনে দগ্ধতে থাকে, হয়তো উপর থেকে সততার ভান করে, ভেতরে-ভেতরে অর্থ চুরি করে গুছিয়ে রাখে।

একদিন শেঠের ধৈর্য্যের বাঁধ ভেঙে যায়।

সেদিন যখনই মুনিম ঘরে ঢুকে ছিটকিনি বন্ধ করে, তখনই শেঠ উঠে দরজার সামনে পৌঁছে যায় এবং দরজায় ঠক্‌ঠক্‌ করে বলে, "দরজা খোলো।"

মুনিম অতি সহজ ভাবে দরজা খুলে, হাত জোর করে বলে, "বলুন শেঠজী?"

শেঠ দেখে যে, তার মুখে ঘাবরে যাওয়ার কোন চিহ্ন মাত্র নেই, আসলে শেঠ জী আশা করেছিল যে, হঠাৎ করে দরজা খুলতে হবে বলে সে ঘাবরে যাবে। ধরা পড়ার ভয়ে তার মুখ ফ্যাকাশে হয়ে যাবে, কিন্তু মুনিমের মুখে এমন কিছুই দেখতে না পেয়ে শেঠ নিজেই সংকোচে

পড়ে যায়। তারপরই তার চোখ পড়ে ভেতরে রাখা এক সিন্দুকের উপরে। এবার শেঠের সন্দেহ বিশ্বাসে বদলে যায়। সে বলে, "এই সিন্দুক খোলো।"

মুনিম বলে, "শেঠজী! এতে আমার নিজস্ব কিন্তু জিনিস আছে, দয়া করে এটা খোলাবেন না।"

"কেন খোলাব না, খোলো।" শেঠজী ভেবেছিল সিন্দুকে নিশ্চয়ই চুরি করা অর্থ গুলি লুকিয়ে রেখেছে।

মুনিম চাবি দিয়ে সিন্দুকের তালা খোলে এবং সিন্দুকের ঢাকা তুলে তা শেঠজীর সামনে এনে দেয়।

সিন্দুকের ভেতরের জিনিস দেখে শেঠ অবাক হয়ে যায় এবং তার চোখে-মুখে লজ্জার ভাব দেখা যায়।

শেঠজীকে চুপ থাকতে দেখে মুনিম হাত জোর করে বলে, "শেঠজী, এগুলি সেই পোশাক যা পরে আপনার কাছে এসেছিলাম। প্রতিদিন দুপুরে দরজা বন্ধ করে আমি এই কাপড় এবং চপ্পলটাই দেখি। আজ আপনার কৃপায় আমার শরীরে দামী পোশাক উঠেছে, দামী জুতো পরি, ভালো মন্দ খেতে পাই। তা সত্ত্বেও এই পুরানো বস্ত্র ও চপ্পল প্রতিদিন দেখি, যাতে নিজের দুঃসময়ের কথা ভুলে না যাই এবং সর্বদা যেন আপনার কৃপার কথা মাথায় রাখতে পারি। এই কাপড়-চোপড় দেখার পর যখন নিজের বর্তমান অবস্হাটা দেখতে পাই, তখন আপনার প্রতি শ্রদ্ধায় আমার মাথা নত হয়ে যায়।"

মুনিমের কথা শুনে শোঠের মাথা লজ্জায় নিচু হয়ে যায়।

এই গল্পের থেকে আমরা কি শিক্ষা পাইঃ

- মানুষের কখনই অতিতের কথা ভোলা উচিত না।
- যে বা যারা দুঃসময়ে পাশে এসে দাঁড়ায়, সে বাঁচতে সাহায্য করে, যে দুঃসময়ে চোখের জল মুছিয়ে দেয়, সর্বদা তাদের প্রতি শ্রদ্ধায় মাথা নত করে রাখা উচিত।
- যারা অতীতের দুঃসময়ের কথা মনে রাখে, তাদের পা সর্বদা মাটিতেই থাকে, অহংকার কখনই তাদের উপর চেপে বসতে পারে না।

❑❑❑

সত্যি বলুন, কিন্তু যেন কেউ কষ্ট না পায়

সেই ব্যক্তিই নির্ভীক হয়, যে সত্যি কথা বলে আর সত্যিও সেই ব্যক্তিই বলতে পারে, যার মধ্যে নির্ভীকতা আছে।

ভারতের মহান পুত্র বাল গঙ্গাধর তিলকের মধ্যে এই গুণ প্রচুর পরিমাণে ছিল।

এই ঘটনাটি তাঁর শৈশবের।

স্কুলের ঘরে কিছু ছাত্র বসে বাদাম খেয়ে, তার খোসা এদিক-ওদিক ফেলে দেয়। শিক্ষক এসে ক্লাস-রুমে অপরিস্কার দেখে খুবই রেগে যায়। সে জিজ্ঞাসা করে, "কে বাদাম খেয়েছে ?"

সবাই চুপ করে থাকে।

শিক্ষক বার-বার জিজ্ঞাসা করতে থাকে, কিন্তু কেউ একটাও কথা বলেনা, তার ফলে সে আরোও রেগে যায়, "ঠিক আছে, এতে তোমরা বলবে না, সবাইকেই আমি শাস্তি দেব।" একথা বলে সে বেত তুলে নেয়।

সবাইকে নিজেদের স্থানে দাঁড়াবার আদেশ দেয়।

সবাই দাঁড়িয়ে পড়ে।

অধ্যাপক বেত দিয়ে প্রত্যেকের হাতে দুশই বার করে প্রহার করতে থাকে।

কোন বাচ্চাই মুখ থেকে একটা কথাও বলেনা। প্রত্যেকে চুপচাপ মার খেতে থাকে।

বালগঙ্গাধরের পালা এলে, তিনি নিজের হাত দিতে অস্বীকার

করেন এবং নির্ভীকতার সাথে বলেন, "স্যার, আমি বাদাম খাইনি, আর আমি ছিলকাও ফেলেনি। যে অপরাধ আমি করিনি, তারজন্য আমি মারও সহ্য করব না।"

শিক্ষক বলে, "তাহলে যারা খেয়েছে, তাদের নাম বল।"

"ক্ষমা করবেন স্যার, আমি চুকলীবাজী করতে পছন্দ করিনা, তাই আমি কাউরনাম বলতে পারবনা, এবং আমি মারও খাব না।"

এই স্পস্ট কথা বলার জন্য বালগঙ্গাধর তিলককে স্কুল থেকে বার করে দেওয়া হয়, কিন্তু তা সত্ত্বেও তিনি এতটুকু বিচলিত হননি। তিনি অন্যায় সহ্য করেননি। আবার ভয়ে চুকলী বাজীর মতন নিন্দনীয় কাজও করেননি, তাই তিনি সন্তুষ্ট হয়েছিলেন।

ভবিষ্যৎ-এ এই গুণের জন্যই তিনি ভারত মাতা মহান পুত্র হতে পেরেছিলেন।

এই ঘটনার থেকে আমরা কি শিক্ষা পাইঃ

- সত্যি কথা বলা উচিত, কিন্তু কখনই চুকলীবাজী করা উচিত না।
- এমন সত্য কখনই বলবেন না যাতে কাউর ক্ষতি হয়, এর চেয়ে চুপ থাকাই ভালো।
- কখনই অন্যাই সহ্য করবেন না।

❑❑❑

মিত্রতার ধর্ম

দয়া, বিনম্রতা, স্নেহ, ত্যাগ, একাত্মতা এবং সততার প্রতি মূর্তী ছিলেন ঈশ্বর চন্দ্র বিদ্যাসাগর। লোকের ভালো করাই ছিল তাঁর একমাত্র উদ্দেশ্য।

একদিন তাঁর এক ধনী বন্ধু তাঁর সাথেই দেখা করতে মোটর কারে করে তাঁর বাড়ীতে আসছিল।

তাঁর বাড়ীর থেকে বেশ কিছুটা আগেই তাঁর বন্ধু দেখে যে, একটা দোকানের বাইরে একটা চৌকির উপর বসে বিদ্যাসাগর সঘ্যতার সাথে দোকানদারের সাথে গল্প করছেন। এটা দেখে তাঁর বন্ধুর খুবই খারাপ লাগে। সে ঘৃণায় চোখে এই দোকানদারের দিকে তাকায় এবং বিদ্যাসাগরের ধ্যান আকৃস্ট করার জন্য সমানে গাড়ীর হর্ন দিতে থাকে।

বিদ্যাসাগরের দৃস্টি গিয়ে পড়ে তাঁর ধনী বন্ধুর দিকে। তিনি তাকে দেখে হাসেন। ধনবান বন্ধু হাতের ইশারায় তাঁকে তেভরে আসতে বলে।

গাড়ী চলতে শুরু করলে তাঁর বন্ধু বলে, "তোমার এই ব্যাপারটা আমার একেবারেই ভালো লাগেনি।"

বিদ্যাসাগর একটু চমকে গিয়ে বলেন, "কোন ব্যাপার ?"

"তোমার নিজের সম্মানের খেয়াল রাখা উচিত।"

"আমি এমন কি করলাম, যাতে আমার সম্মান নস্ট হতে পারে ?"

"তুমি নিম্নশ্রেণীর আজেবাজে লোকদের সঙ্গে কেন মেলামেশা কর ?"

"তুমিও তো আমার মতন ছোটখাট লোকের সঙ্গে মেলা মেশা কর। তুমি লক্ষপতি আর আমি...।"

"উফ্! বিদ্যাসাগর, তুমি বোঝনা কেন, তুমি আমার বন্ধু, আর বন্ধুত্ব করার সময় ছোট-বড়, ধনী-গরিব এসব দেখা হয়না।"

"আমিও তোমার এই কথাটাই মেনে চলি," বিদ্যাসাগর অত্যন্ত ভদ্র ভাবে বলেন, "আমিও বন্ধুত্ব করার সময় ধনী-গরিব, ছোট বড় এই সব দেখিনা। যেমন তুমি আমার বন্ধু, আমি তোমার বন্ধু, সেরকম ও আমার বন্ধু আর আমি ওর বন্ধু।"

বিদ্যাসাগরের কথা শুনে তার ধনী বন্ধু চুপ করে যায়।

এই ঘটনার থেকে আমরা কি শিক্ষা পাইঃ

◆ যাকে বন্ধু বলে মনে করা হয়, তাকে কখনই ছোট, দূর্বল ও গরিব ভাবা উচিত না।

◆ বন্ধুত্ব ধন-দৌলত, ছোট-বড় দেখে না।

◆ বন্ধুত্বের ব্যাপারে সমনতার কথা মাথায় রাখা উচি এবং এমন কোন কাজ করবেন না যাতে সে নিজেকে গরিব বা গুরুত্বহীন বলে মনে করে।

◆ বন্ধুত্বের ব্যাপারে সর্বদা শ্রীকৃষ্ণ ও সুদামার বন্ধুত্বের কথা মনে রাখবেন।

❑❑❑

অত্যাচার করো না, অত্যাচার সহ্য করোনা

সেই সময় আমাদের দেশে চলছিল ব্রিটিশ শাসন, ইংজেদের অত্যাচারে সারা দেশ তখন নাজেহাল, যার ফলে চর্তুদিকে শুরু হয়েছিল স্বাধীনতা সংগ্রাম। ইংরেজরাও স্বাধীনতা সংগ্রাম বন্ধ করার জন্য উঠে পড়ে লেগেছিল।

ধীরে-ধীরে ইংরেজদের অত্যাচার এতই বৃদ্ধি পেয়েছিল যে, বাচ্চাদের মনেও তাদের প্রতি ঘৃণা ও দ্বেষ-সৃষ্টি হয়েছিল। তখন ভারতের প্রতিটা বাচ্চার যেকোন মূল্যেই স্বাধীনতা ছিল একমাত্র কাম্য।

তখনকারই এক সন্ধ্যার কথা।

শীতের সময় চলছিল।

প্রচণ্ড ঠাণ্ডা পড়েছিল।

এক গরিব ও গৃহনী ব্যক্তি কম্বল মুরি দিয়ে রাস্তার ধারে পড়েছিল। এক ইংরেজ সার্জেন্ট তাকে দেখতে পেয়ে, লাঠি দিয়ে তার কম্বল সরিয়ে, তাকে বিব্রত করতে থাকে। বৃদ্ধটি ঠাণ্ডায় কাঁপতে-কাঁপতে বার-বার তার কম্বলটা ঠিক করছিল আর সার্জেন্ট বার-বার কম্বল সরিয়ে দিচ্ছিল।

এই নির্দয় কাজ করে সার্জেন্টটা খুব মজা পাচ্ছিল।

অনেক লোকই এই ঘটনা দেখছিল, কিন্তু সার্জেন্টকে বাধা দেওয়ার মতন সাহস কাউরই হয়নি। একটা সাত-আট বছরের ছেলেও সেখানে দাঁড়িয়ে এই লজ্জা জনক ঘটনা দেখছিল। প্রত্যেক মুহূর্তে তার আক্রোশ বৃদ্ধি পাচ্ছিল। শেষ পর্যন্ত সে ইংরেজ সার্জেন্টের বেয়াদপিতা

সহ্য করতে না পেরে, মাটিতে পরে থাকা পাথর তুলে নেয় এবং ইংরেজের মাথা লক্ষ্য করে ছোঁরে।

পাথরটা তীক্ষ্ণ বেগে ইংরেজ-এর মাথায় গিয়ে লাগে।

তার মুখ থেকে একটা ব্যাথাতুর চিৎকার বেরিয়ে আসে, মাথা থেকে টপ্‌টপ্‌ করে রক্ত পড়তে থাকে। সার্জেন্টের আশেপাশে দাঁড়িয়ে থাকা লোকেরাও থমমত খেয়ে যায়।

সার্জেন্ট চিৎকার করে বলে, "ধর ওকে।"

দুটি সিপাহী ছেলেটার পিছনে দৌড়াতে শুরু করে।

খবরটা হাওয়ায় ভেসে থানায় পৌঁছে যায়। কিছু সিপাহী থানা থেকে এসে সার্জেন্টকে হাসপাতালে নিয়ে যায়।

সারা শহর জুড়ে একটাই আলোচনা চলছিল, সাত-আট বছরের একটা ছেলে ঢিল মেরে অত্যাচারী সার্জেন্টের মাথা ফাটিয়ে দিয়েছে।

লোকেরা এই বাচ্চার সাহসের প্রশংসা করতে থাকে।

অন্যদিকে।

অনেক দৌড়-ঝাঁপের পর সিপাহীরা এই হামলাকারী ছেলেটাকে ধরতে সক্ষম হয়। তাকে থানায় নিয়ে যায়। জেলার তাকে এই ঠাণ্ডায় সারা রাত খালি গায়ে মাঠে দাঁড়িয়ে থাকার কথা বলে। দুজন-সিপাহীকে নিযুক্ত করে তার উপর চোখ রাখার জন্য।

থানার সামনেই তাকে শুধুমাত্র একটা লেংটি পরিয়ে ছেড়ে দেওয়া হয়।

সিপাহী কম্বল মুরি দিয়ে নজর কক্ষে বসে পড়ে। থানার পাঁচিলের গেট বন্ধ ছিল। তালা লাগিয়ে সিপাহীরা যে যারমতন কম্বলে ঢুকে পড়ে। তারা ভেবেছিল যে সকালে উঠে এই বাচ্চার শক্ত মৃতদেহ চোখে পড়বে।

ভোর প্রায় চারটে নাগাদ দুজন সৈনিক ওঠে। ঠাণ্ডার জন্য তাদের

বাইরে যাওয়ার ক্ষমতা হচ্ছিল না, কিন্তু দোষির খবর নেওয়াটাও খুব জরুরী, কারণ অফিসারকে রিপোর্ট করতে হবে।

সাহস করে তারা জানলা খোলে, ঠাণ্ডা হাওয়ার দাপটে তারা ঠকঠক করে কাঁপতে থাকে।

কিন্তু পরবর্তি মুহূর্তে তারা সামনের দৃশ্য দেখে অবাক হয়ে যায়। বিস্ময়ে তাদের চোখের পাতা স্তব্ধ হয়ে যায়, যেন তারা পৃথিবীর অস্টম আশ্চর্যের সন্ধান পেয়েছে।

সত্যিই তা অস্টম আশ্চর্য ছিল।

তারা যে বাচ্চার শক্ত লাশ দেখবে বলে ভেবেছিল, সে স্বশরীরের সামনেই উপস্হিত ছিল। এই ভয়ানক ঠাণ্ডার মধ্যে বেঁচে থাকার জন্য সে ক্রমাগত ডন-বৈঠক দিয়ে যাচ্ছিল।

এই শীতল হাওয়ায় জোঝা বালকই পরবর্তী কালে চন্দ্রশেখর 'আজাদ' নামে বিখ্যাত হয়। সারা জীবন ধরে উনি ইংরেজদের বিরুদ্ধে লড়াই করে গেছেন এবং লড়াই করতে-করতেই শহীদ হয়েছেন।

চন্দ্রশেখর 'আজাদ'-এর এই নির্ভীকতা সাহসের ইতিহাস বিরাট বড়, কিন্তু এই প্রসঙ্গে আর একটা ঘটনার উল্লেখ করছি।

ঘটনাটি প্রতাপগড় রেলওয়ে স্টেশানের।

এক ইংরেজ পুলিশ সার্জেন্ট কলা খাচ্ছিল।

স্টেশানে যাত্রীগণ ট্রেনের অপেক্ষায় দাঁড়িয়েছিল। হঠাৎ করে সার্জেন্টটা পাশে দাঁড়ানো এক যুবতির গায়ে কলার খোসাটা ছুঁড়ে মারে। যুবতি ও তার পরিবারের লোকেরা থমমত খেয়ে যায়। ইংরেজ পুলিশ অফিসারকে কে কি বলবে। কোন কথা না বলে যুবতি তার পরিবারের লোকজনদের নিয়ে একটু এগিয়ে যায়।

কোন বিরোধীতা হয়নি দেখে সার্জেন্টের সাহস বৃদ্ধি পায়।

সে ধীরে ধীরে হেঁটে গিয়ে এই যুবতির কাছে গিয়ে দাঁড়ায় এবং

অভদ্রের মতন সিটি দিতে থাকে।

স্টেশানে প্রচুর লোক ছিল ঠিকই কিন্তু কাউরই বিরোধীতা করার সাহস হয়নি।

সেই সময়তেই দেবদূতের প্রকট ঘটে।

কোথা থেকে এক হাট্টাকাট্টা যুবক এসে গোঁফে তা দিয়ে বলে, "এমন অসভ্যতামি কেন করছো?"

সার্জেন্ট বলে, "পুলিশ সার্জেন্টকে প্রশ্ন করা, পঞ্চাশটা লাঠির বারি দিয়ে জেলে ঢুকিয়ে দেব।"

এই যুবক আর কেউ নয়, তিনি হলেন, 'চন্দ্রশেখর আজাদ'। পরবর্তী মুহূর্তে তাঁর একটা থাপ্পর গিয়ে পড়ে সার্জেন্টের গালে।

এই থাপ্পরটা এতই জোড়ে পড়েছিল যে, স্টেশানের সবলোকের ধ্যান সেদিকেই চলে যায়।

সার্জেন্ট থাপ্পর খেয়ে একটু দূরে সরে যায় কিন্তু একটু বাদেই আহত ষাঁড়ের মতন চন্দ্রশেরের উপর ঝাঁপিয়ে পড়ে।

চন্দ্রশেখর আগে থেকেই প্রস্তুত ছিলেন। উনি স্টেশানের প্রত্যেকের সামনে সার্জেন্টকে যথেচ্ছ মার মারেন। শুধু তাই নয় যতক্ষন না এই সার্জেন্ট এই যুবতীকে বোন বলে স্বীকার করে ক্ষমা চায় ততক্ষন উনি মারতে থাকেন।

এই দিনের পর থেকেই চন্দ্রশেখর 'আজাদের নাম শুনেই ইংরেজদের ঘাম ছুটে যেত।

উপরোক্ত দুটো ঘটনার থেকে কি শিক্ষা পাওয়া যায়ঃ

- ◆ অন্যায় ও অত্যাচারের বিরুদ্ধে অবশ্যই স্বরব হওয়া উচিত।
- ◆ যে অত্যাচার হতে দেখেও চুপ করে থাকে, সেও অত্যাচারির মত ততটাই দোষি।

- পরিস্থিতি যত প্রতিকূলই হোকনা কেন, তার সাথে জোঝার জন্য মানুষের বিবেক ও বুদ্ধি দিয়ে কাজ করে পরিস্থিতিকে অনুকূল করে নিতে হবে, যেমন ভাবে 'আজাদ' তাঁর বুদ্ধি, জ্ঞান ও বিবেকের সাহায্যে খালি গায়ে প্রখর ঠাণ্ডার সাথে লড়াই করে গেছেন।
- অত্যাচার নিজের উপর হলেই তার বিরোধীতা করতে হবে এর কোন মানে নেই। অত্যাচার যার উপরেই হোক না কেন তা বন্ধ করা না হলে কাল নিজেকে তার শিকার হতে হবে।
- অপরকে সংকটে দেখে যে চুপ করে থাকে, নিজের উপর সংকট এলে তাকে একাই মোকাবিলা করতে হয়।
- আজ যদি আপনি অত্যাচার হচেছ দেখেও চোখ বন্ধ করে নেন, তাহলে কাল যখন আপনার উপর অত্যাচার হবে তখন কেউ আপনাকে সাহায্য করতে এগিয়ে আসবে না।

❑❑❑

মায়ের শিক্ষা

এটা সেই সময়কার কথা, যখন আমেরিকাতে দাস-প্রথা চলছিল। সেই গরু-ছাগলের মতন মানুষও কেনা বেচা হত।

এক ধনী ব্যক্তির কাছে বেঙ্ক নামক এক গোলাম ছিল, সে মন-প্রাণ দিয়ে প্রভুর সেবা করত। মালিকও তার কাজে খুবই সন্তুষ্ট ছিল। সেই সময় যার কাছে যত বেশী দাস থাকত তাকে তত বড় ধনী বলে মানা হত। সুতরাং ধনী ব্যক্তিরা বিভিন্ন হাটে গিয়ে নতুন-নতুন গোলাম কিনে আনত।

একদিন বেঙ্করের মালিকতাকে নিয়ে দাস ক্রয় বিক্রয়ের হাটে যায়।

তার একটা নতুন গোলাম কেনার ইচ্ছা ছিল-

হাটে তার দুজনে একসাথে ঘুরছিল, বেঙ্করের চোখ পড়ে একটা বৃদ্ধ গোলামের উপর। সে বেশ কিছুক্ষণ ধরে তাকে একমনে দেখতে থাকে তারপর, মালিককে তাকে কেনার কথা বলে।

মালিক অবাক হয়ে বলে, "বেঙ্কর, ও তো বৃদ্ধ এবং অসহায়, ও কি কাজ করতে পারবে ?"

"প্রভু, আপনি ঠিকই বলছেন। ও বৃদ্ধ এবং অসহায়, কিন্তু আপনি আমাকে বিশ্বাস করতে পারেন, ওর ভাগের কাজ আমিই করেদেব, আপনাকে কোন রকম অভিযোগের সুযোগ দেব না।"

মালিক জিজ্ঞাসা করে, "কিন্তু তুমি একেই কেনার জেদ করছো কেন ? এখানে অনেক হাট্টাকাট্টা, অল্পবয়সি গোলাম আছে, তাদের

মধ্যে কোন একজনকে কেনো।"

"যুবকদের তো যে কেউ কিনবে, কিন্তু যদি কেউই বুড়োকে না কেনে তবে সে তো না খেতে পেয়েই মরে যাবে।"

বেঙ্করের প্রভু বোঝে যে, নিশ্চই এর পিছনে কোন রহস্য আছে। ফলে সে সঠিক মূল্য দিয়ে এই বৃদ্ধকে কিনে নেয়।

বেঙ্কর খুবই খুশী হয়।

মালিকের সাথে-সাথে সে এই বৃদ্ধকেও খুব সেবা করত। সে তাকে স্নান করিয়ে দিত, বস্ত্র বদলে দিত, নিজে হাতে খাওয়া তো।

এই সব দেখে বেঙ্করের মালিক বুঝতে পারে যে, এই বৃদ্ধ অবশ্যই ওর কোন আত্মীয়। একদিন বেঙ্করকে সে এই কথা জিজ্ঞাসা করলে বেঙ্কর বলে, "প্রভু, এই বৃদ্ধ আমার কোন আত্মীয় নয়, বরং ও আমার সবচেয়ে বড় শত্রু।"

মালিক অবাক হয়ে বলে, "কি ? এটা তুমি কি বলছো বেঙ্কর।"

"আমি ঠিকই বলছি প্রভু। ছোট বেলায় এই ব্যক্তিই আমাকে দাস রূপে বিক্রী করে দিয়েছিল। কিন্তু সময়ের মার দেখুন, বয়সের ভারে আজ এই দাসের সারিতে এসে উপস্থিত হয়েছে। ও হয়তো আমাকে চিনতে পারেনি, কিন্তু আমি ওকে চিনতে পেরে গেছি। ওর দুর্দশা দেখে আমার খুবই খারাপ লেগেছিল, তাই আমি ওকে কিনতে বলেছিলাম। আসলে ছোটবেলায় আমার মা আমাকে শিখিয়ে ছিলেন যে, যদি তোমার শত্রুও নির্বস্ত্র থাকে তবে তাকে পোশাক দাও, ক্ষুধার্ত থাকলে খাদ্য দাও, অসহায় হলে তার সেবা কর, পিপাসিত হলে তাকে জল দাও, এই কারণেই আমি ওকে এত সেবা করছি, আমি আমার মায়ের শিক্ষাতেই চলছি। মা বলেছিল যে, এমন করলে, ভগবান যীশুও আমার উপর সদয় হবেন।"

মালিক বেঙ্করের হাত ধরে বলে, "তোমার মা ঠিকই বলত বেঙ্কর। আজ ভগবান যীশু সত্যিই তোমার উপর সদয় হয়েছেন।

আজ থেকে আমি তোমাকে দাসত্বের বন্ধন থেকে মুক্ত করলাম। আজ থেকে তুমি আর আমার গোলাম নয়, বরং আমার সহযোগী হয়ে আমার সাথে থাকবে।”

খুশীতে বেঙ্কেরের চোখে জল এসে যায়।

বন্ধু ! এই গল্পের থেকে আমরা কি শিক্ষা পাইঃ

- যদি তোমার সাথে কেউ অভদ্রতা করেতবে তুমি তার সাথে ভদ্রতা কর।
- যদি আমাদের মনে অপরের প্রতি দয়া থাকে তবে ভগবান অবশ্যই আমাদের কৃপা করবেন।
- শত্রুর প্রতিও কখনও দ্বেষ রাখা উচিত না এবং মানুষই নারায়ণ এই ভেবে সর্বদা মানুষের সেবা করা উচিত।
- শত্রুর সাথে শত্রুতা করা খুবই সহজ, কিন্তু শত্রুর সাথে মিত্রের মতন ব্যবহার করার দৃষ্টান্ত বিরল।

❑❑❑

যদি কিছু কাজ অসম্পূর্ণ না থাকত

পৃথিবীর মাধ্যাকর্ষণ শক্তির আবিষ্কার বিখ্যাত বৈজ্ঞানিক নিউটনের নাম কেনা জানে। বিশ্ববিখ্যাত হওয়া সত্ত্বেও তিনি খুবই বিনম্র এবং মৃদুভাষী ছিলেন। অহংকারের মতন দোষ তাঁকে ছোঁয়ার সাহস পর্যন্ত করত না।

একবার নিউটন খুবই অসুস্থ হন। মনে হচ্ছিল তার শেষ সময় উপনীত হয়েছে। তাঁর সমস্ত বন্ধু, আত্মীয় প্রভৃতি সকলেই তাঁকে দেখতে আসছিল এবং তাঁর আরেগ্য কামনা করে তাঁকে সান্ত্বনা দিচ্ছিল। শেষ সময়তেও নিউটনের চোখে-মুখে ছিল এক অতৃপ্তির ছায়া, একটা দুঃখ বোধ যেন তাঁকে ঘিরে ধরেছিল, যেন তিনি কোন কাজ অসম্পূর্ণ ছেড়ে যাচেছন, আর জীবন তাঁকে সেই অসম্পূর্ণ কাজ সম্পূর্ণ করার সুযোগ পর্যন্ত দিচ্ছিল না।

অধিকাংশ লোকের মনে হয়েছিল এই পৃথিবীকে ছাড়ার দুঃখে নিউটন মর্মাহত। শেষ পর্যন্ত তাঁর এক বন্ধু বলে, "এই সময়তেও আপনার মুখে কেন এত অশান্তির ছায়া ? এত দুঃখ কিসের ? আপনি কি মৃত্যুর জন্য ভীত বা দুঃখিত ?"

"না, মৃত্যু শাশ্বত সত্য, তাকে কে ভয় পায়।"

"তাহলে ? এই সময় তো আপনার মুখে অপার সন্তুষ্টির ছায়া উচিত। আপনি প্রকৃতির মহান রহস্য কে অতি কাছ থেকে জেনেছেন এবং দেখেছেন। এর জন্য আজ সারা পৃথিবী আপনার কাছে কৃতজ্ঞ এবং সর্বদা থাকবে।"

বন্ধুর কথা শুনে নিউটন বলেন, "এই পৃথিবী আমার গবেষণা সম্পর্কে যাই বলুক নাকেন, কিন্তু আমার মনে হচেছ যে আমি সমুদ্র পারে খেলায় মগ্ন সেই ছোট বাচ্চাটার মতন, যার সামনে পড়ে আছে এক অজানা বিশাল সমুদ্র। তার বন্ধুরা পাথর ঝিনুক বা শাঁখ পাইনি সে তা পেয়েছে। সেটা আলাদা ব্যাপার যদি। আমি আরোও কিছু ভালোকাজ বা নতুন কোন গবেষণা করতে পারতাম।"

বন্ধু নিউটনের অশান্তি বা অসন্তুষ্টির কারণ বুঝতে পারে। আসলে শেষ সময়তেও নিউটন এই ভেবেই দুঃখ পাচিছলেন যে বহু কাজ অসম্পূর্ণ থেকে গেছে, যা উনি সম্পূর্ণ করতে পারেননি।

এই ঘটনা আমাদের কি শিক্ষা দেয় ঃ

- কর্মবীর মানুষ সর্বদা অসন্তুস্ট থেকে যায়, তার শরীর ক্লান্ত হয়ে পড়লেও, তার উৎসাহ কখনই কমে না।
- তাদের ভেতরে কিছু করার ইচছা এতটাই প্রবল থাকে যে, তারা কর্ম ইন্ধনের দ্বারা তা প্রজ্জ্বলিত করার চেস্টা করে।
- নিউটনের মতন লোক শারীরিক ভাবে আমাদের সাথে না থাকলেও, তাদের সিদ্ধান্ত সর্বদাই জীবিত থাকবে।
- মৃত্যুর সময় সকলেই ধন, সুখ, সন্তান এবং পরিবারের খেয়াল করে, কিন্তু সম্পূর্ণ কর্মের দুঃখ শুধু কর্মবীর, ত্যাগী ও মহান মানুষদের মধ্যেই থাকে।
- তাই যা কাল করবেন বলে ভাবছেন তা আজ করার চেস্টা করুন, আপনার জীবন কাল আপনাকে সময় দেবেই এমন কোন মানে নেই, অসম্পূর্ণ কাজের দুঃখ মনে রাখবেন না।

□□□

ধৈর্য্যের পরীক্ষা

অসাধারণ ধৈর্য্যশক্তি, সহ্য ক্ষমতা এবং ব্যবহার কুশলতার জন্য সকলেই মহাত্মা সুকরাতকে শ্রদ্ধা করতেন, কিন্তু তাঁর স্ত্রী জেস্হপ তাঁর সাথে খুবই ক্রুর ব্যবহার করতে, সর্বদাই তাঁকে আহত করার চেস্টা করত। প্রত্যেক বিষয়তেই তাঁকে অপমানিত ও তিরস্কার করত।

একদিন সুকরাত তাঁর শিষ্যদের সাথে বসে তাদের কোন উপদেশ দিচ্ছিলেন।

হঠাৎ করে তার বৌ সেখানে এসে উপস্হিত হয় এবং অত্যাধিক রাগের চোখে তাঁর দিকে তাকিয়ে বলে, "এখানে এত ভীড় কিসের। বিশাল বড় পণ্ডিত হয়ে গেছে আর এই যুবকদের পথ দেখাচ্ছে। তুমি কি সবার ঠেকা নিয়ে বসে আছো নাকি?"

স্বভাব অনুসারে সুকরাত শান্ত হয়ে বসেছিলেন, কিন্তু তাঁর শিষ্যদের তাঁর স্ত্রীর এই ব্যবহার ভালো লাগেনি। গুরুর অপমান সহ্য করতে না পেরে তারা বলে, "গুরুদেব! কেউ প্রতিদিন এই ভাবে আপনাকে অপমান করে, আমরাতা সহ্য করতে পারছি না।"

"হুঁ!" জেহপা ঘৃণার চোখে সবাইকে দেখে এবং সশব্দে সেখান থেকে চলে যায়।

সুকরাত খুবই শান্ত সুরে বলেন, "শোন, তোমরা ওকে আমার শত্রু বলে মনে করনা। ওই আমার সবচেয়ে বড় হিতৈষী। যখন কোন ব্যক্তি বাজারে কোন বাসন কিনত যায়, তখন বাসনে কোন ফুটো ফাটা আছে কিনাতা পরীক্ষা করার জন্য বাসন বাজিয়ে দেখে নেয়, ঠিক

একই ভাবে আমার স্ত্রী তিক্ত কথা বলে এটাই দেখে যে, অপরকে ধৈর্য্য, সংযম, সহনশীলতা এবং দৃঢ়তার উপদেশ প্রদানকারী সুকরাতের কতটা ধৈর্য্যবান, সংযমী, সহনশীল এবং দৃঢ়, আর আমিও এটা দেখি যে, আমি এই পরীক্ষায় উত্তির্ণ হতে পাচিছ কিনা।"

মহাত্মা সুকরাতের ধৈর্য্য এবং সহনশীলতা দেখে তাঁর শিষ্যরা মাথা নিচু করে ফেলে।

বন্ধু! এই ঘটনার থেকে আমরা কি শিক্ষা পাইঃ

- সমালোচক বা নিন্দুককে কখনই শত্রুর চোখে দেখা উচিত না।
- সর্বদা তাদের হিতৈষীর চোখে দেখা উচিত, কারণ, এই রকম তিক্ত কথা বলেই তারা আমাদের ধৈর্য্যের পরীক্ষা নেয় অথবা আমাদেরকে দোষ দেখিয়ে দিয়ে তারা আমাদের শোধরানোর সুযোগ দেয়।
- সমালোচক কোন কিছু নিয়েই আমাদের শোধরানোর সুযোগ দেয় এবং আমাদের দোষ খুঁজে বার করে। তাই তাদের অপমান করার পরিবর্তে, তাদের সম্মান করুন।

❑❑❑

শত্রুতার শেষ হোক শত্রু নয়

রাজর্ষি বিশ্বমিত্র খুবই রাগী স্বভাবের মানুষ ছিলেন। তিনি ক্ষত্রিয় ছিলেন, কিন্তু ঘোরতর তপস্যা করার পর দেবতাগণ তাঁকে রাজর্ষি উপাধি দেন, কিন্তু বিশ্বমিত্র চেয়েছিলেন তাঁকে ব্রহ্মার্ষি উপাধি দেওয়া হোক। তিনি দেবতা গণকে এই কথা বললে, তাঁরা বলেন, যদি ব্রহ্মার্ষি বশিষ্ঠ তাঁকে ব্রহ্মর্ষি বলে মেনে নেন, তবে তাঁকে ব্রহ্মর্ষি বলে ঘোষণা করা হবে।

বিশ্বমিত্র ব্রহ্মার্ষি বশিষ্ঠকে তাঁর ইচ্ছারকথা জানান, তখন ব্রহ্মার্ষি স্পষ্ট ভাষায় তা অস্বীকার করে দেন, কারণ কোন ক্ষত্রিয়কে ব্রাহ্মণ বলে মনে করা বিধি সম্মত নয়, এছাড়া তিনি যেহেতু ক্ষত্রিয় ছিলেন তাই তিনি স্বভাবে খুবই রাগী প্রকৃতির ছিলেন আর রাগ বর্জন করা তাঁর পক্ষে সম্ভব ছিল না, এটা তাঁর ব্রহ্মর্ষি হওয়ার পথে সবচেয়ে বড় বাধা হয়ে দাঁড়ায়। আসলে রাজর্ষির শব্দ ব্রহ্মার্ষির থেকে ছোট হয়। রাজর্ষি বিশ্বমিত্রের মনে এই ব্যাপারটা কাঁটার মতন বেঁধে এবং বশিষ্ঠকে পথ থেকে সরিয়ে নিজের রাগ শান্ত করার জন্য নতুন-নতুন উপায়ের কথা ভাবতে থাকে।

এই রাগ ধীরে-ধীরে এতটাই বৃদ্ধি পায় যে রাজর্ষি বিশ্বমিত্র বশিষ্ঠের রক্ত পান করতে আগ্রহী হয়ে ওঠেন।

একদিন বিশ্বমিত্র বশিষ্ঠকে মেরে ফেলার কথা ভাবেন। ফলে একদিন যে গাছের নিচে বশিষ্ঠ মুনির কুটীরে সন্ধ্যা বেলায় বিশ্বমিত্র

তলোয়ার নিয়ে সেই গাছের উপরে গিয়ে বসেন। সন্ধ্যা বেলায় বশিষ্ঠ তাঁর শিষ্যদের নিয়ে কুটীরে ফিরে আসেন।

পূর্ণিমার রাত ছিল। গাছের উপর থেকেই বিশ্বমিত্র সবকিছুই স্পষ্ট দেখতে পাচ্ছিলেন।

এক শিষ্য বলেন, "গুরুদেব দেখুন, চাঁদটা কত স্বচ্ছ, নির্মল ও শীতল দেখাচ্ছে।"

বশিষ্ঠ বলেন, "হ্যাঁ, একদম বিশ্বমিত্রের মতন।"

শিষ্য চমকে গিয়ে বলে, "এটা আপনি কি বলছেন গুরুদেব, রাজর্ষি বিশ্বমিত্র আপনাকে নিজের শত্রু বলে মনে করেন। তিনি সর্বদা আপনার নিন্দা করেন আর আপনি তাঁকে চাঁদের মতন স্বচ্ছ নির্মল ও শীতল বলছেন।"

"শিষ্যগণ। উনি আমাকে শত্রু ভাবেন আমার নিন্দা করেন এটা ঠিকই, কিন্তু শুধুমাত্র এই কারণে আমরা কখনই তাঁর গুণটাকে অস্বীকার করতে পারিনা। তিনি এক মহাত্মা। সর্বদা তপস্যা নিয়েই ব্যস্ত থাকেন। ঈশ্বরের খুবই নিকটে আছেন এবং যদি উনি নিজের রাগ বর্জন করতে পারেন তবে ব্রহ্মর্ষি হওয়ার সমস্ত গুণই তাঁর ভেতরে আছে। এই রকম পরম-আত্মার চরণ বারবার বন্দনা করতে ইচ্ছা করে।"

বৃক্ষের উপর বসে বিশ্বমিত্র এই কথা গুলি শুনে অবাক হয়ে যান। ভাবতে থাকেন, "আমিতো বশিষ্ঠকে হত্যা করতে এসেছিলাম, কিন্তু ওর মনে আমার প্রতি এত শ্রদ্ধা, এত স্নেহ এবং এত ভক্তি আছে। আমাকে ধিক্কার। আর আমি আজ পর্যন্ত শত্রুতাও হিংসার আগুনে জ্বলে মরছি। সর্বদা বশিষ্ঠের নিন্দা করতাম। বশিষ্ঠ তো ঠিকই বলছে, আমি তপস্যা করে রাজর্ষি তো হয়ে গেছি কিন্তু ব্রহ্মর্ষি

হওয়ার যোগ্যতা আমার নেই। ক্রোধ, ঈর্ষা, দ্বেষ এগুলিই আমারপথের সবচেয়ে বড় বাধা। যে এই দোষগুলিকে জয় করতে পারেনা, তার ব্রহ্মর্ষি হওয়ার কোন অধিকার নেই। এই দ্বেষের কারণে আমি আজও ব্রহ্মহত্যা করতে এসেছিলাম। ধিক্কারই আমার প্রাপ্য।" বিশ্বমিত্রের চোখ থেকে অনুপাতের অশ্রু নির্গত হতে থাকে।

তিনি বৃক্ষ থেকে নেমে ব্রহ্মর্ষি বশিষ্ঠের সামনে এসে দাঁড়ান। তাঁকে একা দেখে বশিষ্ঠের শিষ্যতার স্তব্ধ হয়ে যায়। বশিষ্ঠ তাঁকে সম্মান জানানোর জন্য উঠে দাঁড়িয়ে স্নেহের স্বরে বলেন, "আসুন মুনিবর, সুস্বাগতম।"

বিশ্বমিত্রের চোখ জলে ভরে যায়। তিনি বশিষ্ঠের পায়ে লুটিয়ে পড়েন, এবং তাঁর চরণে মাথা রেখে বলেন, "আমাকে ক্ষমা করবেন। হে পুণ্যাত্মা, মনে-মনে সর্বদাই আপনার প্রতি দ্বেষ পালন করেছি এবং এই দ্বেষের কারণেই আমি আজও এসেছিলাম আপনাকে হত্যা করতে। আমাকে ক্ষমা করবেন প্রভু। আমাকে ক্ষমা করুন। আমি বুঝতে পেরেছি ব্রহ্মর্ষি হওয়ার যোগ্যতা আমার মধ্যে নেই। ওআপনার মতন স্নেহ প্রবল, ক্ষমাশীল, সংযমী, নির্ভীক মানুষই হতে পারে ব্রহ্মর্ষি। আমি এমন মূর্খ, আপনাকে নিজের শত্রু বলে মনে করতাম, অথচ আমার আসল শত্র, হল আমার রাগ, আমার হিংসা এবং আমার দ্বেষ। আমাকে ক্ষমা করবেন ভগবান...আমাকে ক্ষমা করুন।"

বশিস্ট তাঁকে তুলে গলা জরিয়ে ধরে বলেন, "আজ থেকে আপনি ব্রহ্মর্ষি, কারণআপনি পেরেছেন আপনার রাগ ত্যাগ করতে। আজ আমি এক নতুন বিশ্বমিত্রকে দেখছি নিজের সামনে। আজ সেই বিশ্বমিত্র শেষ হয়ে গেছে, যাঁকে আমার ব্রহ্মর্ষি বলতে লজ্জা করত, কিন্তু আজ আমি নিঃসঙ্কোচে বলছি, আপনি ব্রহ্মর্ষি। হে ব্রহ্মর্ষি

বিশ্বমিত্র আমি আপনাকে প্রণাম জানাচ্ছি।"

বিশ্বমিত্রের চোখ থেকে টপ-টপ করে জল পড়তে থাকে।

এই ভাবে তারা নিজেদের শত্রুতা ও শত্রুর শেষ করে দেয়।

বন্ধু, এই কাহিনী আমাদের অতি দুর্লভ শিক্ষা দেয় ঃ

- মানুষের শত্রুতার শেষ করা উচিত, শত্রুর নয়।
- কখনও কাউর দোষ নিয়ে সমালোচনা করবেন না, বরং সর্বত্র তার গুণের কথা বলুন।
- অনেক সময় আমরা আত্মবিশ্লেষণ না করেই অপরকে নিজেদে শত্রু বলে ভাবি, অথচ প্রকৃত শত্রু আমাদের ভেতরেই বসে থাকে–আমাদের খারাপ ব্যবহার, আমাদের রাগ, হিংসা-দ্বেষ, স্বার্থ, লোভ-লালসা প্রভৃতি আমাদের ঘোরতর শত্রু কিন্তু বেশীর ভাগ ক্ষেত্রে আমরা সেগুলিকে নিজেদের শত্রু বলে মনে না করে নিজেদের গুণ বলে মনে করি এবং অপরের প্রতি রাগ করি।
- আপনি যদি আজ নিজের ইচ্ছা মত অনুসারে সম্মান, পদ বা শ্রদ্ধা না পান তবে তারজন্য অপরকে দোষি বলে মনে করবেন না এবং কাউকে নিজের শত্রু বলেও ভাববেন না, বরং নিজের দুর্বলতা, দোষ গুলিকে খুঁজে বারকরে সেগুলিকে বিসর্জিত করার চেস্টা করুন।

❑❑❑

ক্রোধের অনুতাপ

আদিগুরু শঙ্করাচার্যের সময়কার ঘটনা।

একবার মহাবিদ্বান শ্রী মণ্ডল মিশ্র আদিগরু শঙ্করাচার্যের সাথে শাস্ত্র সম্পর্কিত আলোচনা করবেন বলে ঠিক করেন। এর কারণ হল, শঙ্করাচার্য ছিলেন খুবই জনপ্রিয় ব্যক্তি। শ্রী মণ্ডল মিশ্র মনে করতেন তিনি শঙ্করচার্যের থেকে অধিক বিদ্বান, তাহলে তিনি প্রতিযোগিতায় কেন শঙ্করাচার্যের পিছনে থাকবেন।

সুতরাং তিনি নিজের শ্রেস্ঠত্ব প্রমাণ করার জন্য আদিগুরু শঙ্করাচার্যকে আমন্ত্রণ জানান শাস্ত্র সম্পর্কিত আলোচনার জন্য।

আদিগুরুও তাঁর নিয়ন্ত্রণ স্বীকার করেন।

মণ্ডল মিশ্রের স্ত্রী দেবী ভারতীও ছিলেন এক বিদুষী মহিলা। আদিগুরু তাঁর বিদ্বা সম্পর্কে জানতেন।

কে মহান তা নির্ণয় করার দায়িত্ব আদিগুরু অর্পন করেন দেবী ভারতীর উপর।

নিধারিত সময়ে শাস্ত্র সম্পর্কিত আলোচনা শুরু হয়।

মণ্ডপে বহু বিদ্বান উপস্থিত ছিল।

আদিগুরু শঙ্করাচার্য খুবই শান্তভাবে মণ্ডপ মিশ্রের প্রশ্নের উত্তর দিয়ে তাঁকে নিরুত্তর করে দিচ্ছিলেন। এই আলোচনা ক্রমাগত ষোল দিনধরে চলতে থাকে।

দেবী ভারতীকে হঠাৎ কোনো অতি আবশ্যক কারণে আলোচনার মধ্যে থেকে উঠে যেতে হয়।

তিনি উঠে দুটো ফুলের মালা নিয়ে এক-এক করে দশই বিদ্বানের গলায় পরিয়ে বলে, "আমার অনুপস্থিতিতে এই মালাই আমার কাজ করবে।"

লোকেরা অবাক হয়ে যায়। দেবী ভারতীর অনুপস্থিতিতে কে কাকে হারিয়েছে তা মালা কিভাবে বলবে।

কিছুক্ষণ বাদে দেবী ভারতী তাঁর কাজ শেষ করে ফিরে আসেন। তিনি শঙ্করাচার্য এবং মণ্ডপ মিশ্রের দিকে তাকিয়ে দেখেন।

দেবী ভারতী কি নির্ণয় দেন, তা নিয়ে সকলের ভেতরেই উৎসুকতা ছিল।

কেউ-কেউ বলেছিল উনি স্বামীর পক্ষে যাবেন।

কেউ কেউ বলেছিল, উনি অনুপস্হিত ছিলেন তাই নির্ণয় সঠিক হবেনা।

দেবী ভারতী খুব ভালো করে মালা দুটো দেখেন, যা উনি দুই বিদ্বানের গলায় পরিয়ে দিয়ে গেছিলেন।

তার পরেই তিনি তাঁর সিদ্ধান্ত জানিয়ে দেন–"এই শাস্ত্রের আলোচনায় আদিগুরু শঙ্করাচার্য জয় লাভ করেছেন।"

তাঁর নির্ণয় শুনে চুতর্দিকে গুঞ্জন শুরু হয়ে যায়।

মণ্ডন মিশ্র অবাক হয়ে যান, কিন্তু আদি গুরুর মুখে ছিল মৃদু হাসি।

কিসের ভিত্তিতে বিদুষী স্বামীকে পরাজিত এবং শঙ্করাচার্যকে জয়ী বলে ঘোষণা করলেন তা কেউই বুঝতে পাচিছল না।

এক বিদ্বান ব্যক্তি অতি নম্র ভাবে জিজ্ঞাসা করেন, "দেবী!

আপনি তো আলোচনারমধ্যে কোথাও গেছিলেন, তাহলে ফিরে এসেই কিসের ভিত্তিতে এই সিদ্ধান্ত নিলেন?"

"আপনি হয়তো নিশ্চই দেখেছেন, আমি দুজন শাস্ত্রবিদের গলায় একটা করে মালা পরিয়ে দিয়ে গেছিলাম।"

"হ্যাঁ, কিন্তু..."

"এই সিদ্ধান্ত এই মালার।"

"আমরা কিছু বুঝতে পারছিনা দেবী, দয়া করে স্পষ্ট করে বলবেন।"

দেবী ভারতী বলেন, "সজ্জন, যখন কোন বিদ্বান শাস্ত্রিয় আলোচনায় পরাজিত হতে থাকে তখন সে নিজেকে দুর্বল বলে ভাবতে থাকে। এই কারণে সে ক্রুব্ধ হতে থাকে। এই রাগের তাপে আমার স্বামীর গলার মালা শুকিয়ে গেছিল, অথচ শঙ্করাচার্যের মালার ফুল পূর্বের মতনই সতেজ ছিল। এতে করে প্রমাণীত হয় যে, শঙ্করাচার্যই জয়ী হয়েছেন।"

দেবী ভারতীর কথা শুনে সকলে স্তম্ভিত হয়ে যায়।

বন্ধু! এই ঘটনার থেকে আমরা কি শিক্ষা পাইঃ

- নিজের থেকে অধিক বিদ্বানের জ্ঞান স্বীকার করার ব্যাপারে কখনই সংকোচ করা উচিত না, আর কখনই অহংকার বশত ভাবা উচিত না যে আমিই অধিক বিদ্বান।
- দ্বেষ ও হিংসার কারণে কখনই কোন বিদ্বানকে ছোট করা উচিত না।
- রাগের সময় ব্যক্তি সঠিক কথা বলে না, তখন সে শুধুমাত্র অপরেরমনে আঘাত করতে চায়।
- মূর্খামির থেকেই ক্রোধের শুরু কিন্তু অনুতাপের শেষ হয়।

◆ নির্ণায়কের ভূমিকাঅতিব গুরুত্বপূর্ণ হয়। বলা হয়, নির্ণয়কের মুখের দ্বারা ঈশ্বরই তাঁর কথা বলে দেন। সুতরাং নির্ণয়কের ভূমিকা পালনের সময় কখনই পক্ষপাত করা উচিত না।

সর্বদা মনে রাখবেন যে, আপনার মনোভাবের প্রভাব আপনার আশেপাশের বস্তুর উপর, আপনার আভূষণের উপর এবং আপনার বস্ত্রের উপর পড়ে। আপনার মনের অবস্থা যেমন হবে, তেমনই হবে আপনার আশেপাশের পরিবেশ। সুতরাং মনকে সর্বদা সুস্থ রাখুন।

❑❑❑

যার হাতে অমৃতও বিষ লাগে

আয়ুর্বেদাচার্য নাগার্জুনের নিজের গবেষণাগারে কাজ করার জন্য যোগ্য সহায়কের প্রয়োজন ছিল। দুজন যুবক এই পদের জন্য তাঁর সামনে নিজেদের গুণ প্রকট করে। দুজনের কাউর গুণের অভাব ছিল না। সহায়ক হওয়ার জন্য দুজনেই সব দিক থেকে যোগ্য ছিল, কিন্তু আচার্যের একজন সহায়কের প্রয়োজন ছিল।উনি কাকে রাখবেন সেই নিয়ে উনি সংকটে পড়ে যান।

অনেক চিন্তা ভাবনা করারপর তাঁর মাথায় একটা বুদ্ধি আসে।

তিনি দুজনের হাতেই কিছু শিকড়-বাকড় দেন এবং বলেন এর দ্বারা বাড়ীর থেকে রসায়ন বানিয়ে নিয়ে আসতে। এর জন্য তাদের দু-দিন সময় দেন।

দুজনেই শিকড়-বাকড় নিয়ে চলে যান।

দুই দিন বাদে দুজনেই তাঁর কাছে আসে।

আচার্য জিজ্ঞাসা করেন, "রসায়ন প্রস্তুত হয়েছে ?"

একজন যুবক বলেন, "হ্যাঁ গুরুদেব, আমি রসায়ন তৈরী করে ফেলেছি।"

আচার্য বলেন, "আচ্ছা কোন সমস্যা হয়নি তো।'

রসায়ন প্রস্তুত কারি যুবক গর্বের সাথে বলে, "বহু রকম সমস্যা হয়েছিল গুরুদেব, আমি যখন এই শিকড়-বাকড় গুলি নিয়ে বাড়ী

পৌঁছাই তখন বাড়ীর পরিস্হিতি খুবই খারাপ ছিল। মা জ্বরে কাঁপছিলেন বাবা গাঁটের ব্যাথায় কাতরাচ্ছিলেন এবং তারপর জানতে পারি ছোট ভাইয়ের পায়ের হাড়ও ভেঙে গেছে, কিন্তু আমি কোন কিছুর পরওয়া করিনি, রসায়ন তৈরী করতে শুরু করি। পরিণাম তো আপনি নিজেই দেখতে পাচ্ছেন, রসায়ন সহিত আমি আপনার সেবায় উপস্হিত।

আচার্য নাগার্জুন বেশ গম্ভীর ভাবে বলেন, "হুঁ" তারপর উনি অন্য যুবকের দিকে তাকিয়ে বলেন, "তুমিও রসায়ন বানিয়ে ফেলেছো ?"

সে লজ্জায় মাথা নত করে দাঁড়িয়ে থাকে।

নাগার্জুন বলেন, "মনে হচ্ছে তুমি রসায়ন তৈরী করতে পারনি।"

মাথা নত করে ছেলেটি বলে, "হ্যাঁ"

"কেন, কি সমস্যা হয়েছিল ?"

"গুরু দেব, আমি বাড়ী পৌঁছানোর পর আমার মা বললেন আমাদের এক বৃদ্ধা প্রতিবেশী খুবই অসুস্হ। এই পৃথিবীতে তাঁর কেউ নেই, তাই আমরাই তাঁকে দেখাশোনা করি। তার অসুখের কথা শুনে আমি ওখানে গেছিলাম। গিয়ে দেখি সে জ্বরে কাঁপছে। তার সেবা সুশ্রসা করতে গিয়েই দুদিন কেটে যায়, রসায়ন বানানোর সময়ই পাইনি।"

তার অবস্হার কথা শুনে প্রথম ছেলেটি খুবই খুশী হয়, ও কেটে গেছে। মনে মনে ভাবে "বোকা কোথাকারের এক প্রতিবেশী বুড়ির জন্য সুবর্ণ সুযোগ হাত ছাড়া করল। রসায়ন বানানোর জন্য আমি আমার বাবা-মা-ভাই কাউর পরওয়া করিনি, আর এই মুখটা..."

ঠিক তখনই আচার্য নাগার্জুন যে ছেলেটি রসায়ন বানায়নি তাকে নিজের কাছে ডাকেন, "এদিকে এসো।"

যুবক এগিয়ে গিয়ে আচার্যের পাশে গিয়ে বসে।

যে যুবক রসায়ন বানিয়ে এনেছে সে ভাবছিল, এবার আচার্য মশাই ওকে চলে যেতে বলবে, কিন্তু উনি স্নেহের সাথে তার মাথায় হাত রেখে একটু হেসে বলেন, "আমার সহায়ক হওয়ার জন্য তুমিই উপযুক্ত পাত্র।"

রসায়ন প্রস্তুত কারক যুবকটি চমকে ওঠে। সে নিজের কানকে বিশ্বাস করতে পাচিছল না। অবিশ্বাসপূর্ণ এবং বিস্ফরিত নেত্রে সে বেদাচার্যের দিকে তাকিয়ে বলে, "এটা আপনি কি বলছেন গুরুদেব।"

"আমি ঠিকই বলছি। তুমি রসায়ন বানিয়ে নিয়ে এসেছো এটা ঠিকই। রসায়ন বানানোটা এমন কোন ব্যাপার নয়। বিধি জানা থাকলে যে কেউ তা বানাতে পারবে, কিন্তু যদি রসায়নে জীবন রক্ষা করার ভাবনা না থাকে তবে না বেকার। প্রকৃত ও সুরক্ষিত রসায়ন সেই বানাত পারবে, যার মনে থাকে অপরের জন্য করুণা, যার মনে দয়া ভাব থাকে, যে অপরের দুঃখকে নিজের দুঃখ বলে মনে করে এবং যে অপরের দুঃখ দূর করতে চায়। যার মধ্যে দয়া, করুণা, কর্তব্য, সেবা প্রভৃতি অভাব থাকে, সে তেমনি রসায়নে বানাবে, যেমনটা তুমি বানিয়ে এনেছো।"

রসায়ন প্রস্তুতকারি যুবকটির মাথা লজ্জায় নত হয়ে য়ায়। সে বুঝতে পারে যে, তার মধ্যে সত্যিই এই সমস্ত গুণের অভাব আছে।

এই ঘটনার থেকে আমরা কি শিক্ষা পাই ঃ

- মানুষের মধ্যে মনুষ্যত্বের গুণ থাকা সবচেয়ে বেশী প্রয়োজন।

◆ যার মধ্যে সেবা, দয়া, করুনা, কর্তব্যবোধ, অপরের দুঃখ অনুভব প্রভৃতি গুণ থাকে না, তার হাতে অমৃত তুলে দিলেও সে কখনই জীবন দান করতে পারবেনা, এই গুণের অধিপতি ব্যক্তি যদি কাউকে সাধারণ জলও দেয়, তবে তাও অমৃতের মতন কাজ করবে।

❑❑❑

দুঃখ যন্ত্রণার অনুভব

একজন যুবক নিজের কলেজের পড়াশোনা শেষ করে সেনাবাহিনীতে ভর্তি হয়, দেশকে রক্ষা করার উদ্দেশ্যে তাকে বর্ডারে পাঠানো হয়। সে পনেরো দিন পরে-পরে বাবা-মাকে চিঠি লিখে, নিজের খবরা-খবর পাঠায়।

একদিন তার বাবা-মা একটা চিঠি পায়, চিঠিতে লেখা ছিল সে ছুটিতে বাড়ী আসছে।

বাবা-মা চিঠিটা পড়ে খুবই খুশী হয়, উত্তরে তারা লেখে, "বাবা, আমরা অধীর আগ্রহে তোমার আসার অপেক্ষা করছি।"

উত্তরে ছেলেটি তার বাবা-মাকে জানায় যে, সে একা আসছে না, সৈন্য বাহিনীতে তার এক প্রিয় বন্ধু হয়েছে, তাকেনিয়েই বাড়ীতে আসছে।

উত্তরে বাবা-মা লেখে, "বাবা, আমরা তোমার সাথে তোমার বন্ধুকেও স্বাগত জানাচ্ছি। আমাদের কাছে তুমি যেমন, তোমার বন্ধুও তেমন। যখন ও আমাদের এখান থেকে ফিরে যাবে, তখন খুশী হয়েই ফিরবে।"

উত্তরে ছেলেটি লেখে–"মা, বাবা–আমি তোমাদের আমার বন্ধুর সম্পর্কে একটা কথা লিখতে ভুলেই গেছিলাম। বর্ডারে শত্রুদে সাথে লড়াই করতে-করতে আমার বন্ধু প্রচণ্ড আহত হয়। যে কারণে ওর একটা পা, একটা হাত কেটে বাদ দিতে হয়েছে। এখনও কি তোমরা

তাকে স্বাগত জানাবে ?”

উত্তরে বাবা-মা লেখে, “বাবা, এটা শুনে খুবই খারাপ লাগল যে তোমার বন্ধু দেশ কে রক্ষা করতে গিয়ে নিজের হাত পা হারিয়ে ফেলেছে। কিন্তু তোমার বন্ধু এতটা বাহাদুর তা জানতে পেরে সত্যিই খুব ভালো লাগল। এখন তো আমরা ওকে আরো বেশী করে অভ্যর্থনা জানাচ্ছি এবং অবশ্যই তার সম্পূর্ণ খেয়াল রাখব। সে যখন আমাদের এখান থেকে যাবে, তখন আমাদের ভালোবাসার কথা সর্বদা মনে রাখবে।”

জবাবে ছেলেটা লেখে, “বাবা-মা, আমি চাই আমার বন্ধু সারা জীবনের জন্য আমাদের সঙ্গেই থাকুক, কারণ ওরনিজের বলতে কেউ নেই। যদি কেউ থেকে থাকে, তা হল আমরা।”

এই চিঠির উত্তরে বাবা-মা লেখে–“বাবা, কিছু দিন একটা পঙ্গু মানুষকে নিজেদের কাছে রাখতে পারি, কিন্তু সারা জীবন ধরেতাকে দেখা অসম্ভব। আমরা তোমার বন্ধুকে কোন ভালো আশ্রমে থাকার ব্যবস্থা করে দেব এবং মাঝে-মধ্যে যতটা সম্ভব আর্থিক সাহায্যও করব, কিন্তু সারা জীবনের জন্য নিজেদের কাছে রাখা সম্ভব না। বাবা, আশা করি তুমি আমাদের কথা বুঝতে পেরেছো এব। বন্ধুকে অবশ্যই অন্য কোথাও রাখবার ব্যবস্থা করবে।”

এই চিঠিটা পড়ারপর ছেলেটি আর কখনও তার বাবা মাকে চিঠি লেখেনি।

একদিন তার বাবা-মা সৈন্যবাহিনী কাছ থেকে একটা চিঠি পায়, যাতে লেখা ছিল যে, তাদের ছেলে আত্মহত্যা করেছে।

তার বাবা-মা সেখানে পৌঁছে অবাক হয়ে যায়, তাদের ছেলে একটা পা, একটা হাত কাটা অবস্হায় পড়ে আছে।

আসলে, বার-বার সে যে বন্ধুর কথা লিখত, সে আর কেউ নয়, তা সে নিজেই। যখন সে বুঝতে পারে যে, তার একটা হাত ও একটা পা না থাকার জন্য সে বাবা-মার কাছে বোঝা হয়ে উঠবে, তখন সে নিজেকে শেষ করে দেয়।

বাবা-মা তার মৃতদেহ দেখে চিৎকার করে বলে, "বাবা, একবার আমাদের বলতিস, এই বন্ধু আর কেউ নয়, তুমি নিজেই, তাহলে কি আমরা তোকে স্বীকার করে নিতাম না?"

কিন্তু এখন আর কেঁদে কি হবে। ততক্ষণে পাখি খাঁচা ভেঙে উড়ে গেছিল।

বন্ধু! এই গল্পের থেকে আমরা কি শিক্ষা পাইঃ

- সমাজের প্রত্যেক ব্যক্তির প্রতি সহানুভূতি দেখানোর পরিবর্তে সমানুভূতি দেখানো উচিত। সমানুভূতির দ্বারা ব্যথা-যন্ত্রণা বোঝা সম্ভব হয় এবং তার যন্ত্রণা দূর করা যেতে পারে।
- কোন ব্যক্তি অন্য ব্যক্তির ব্যথা, দুঃখ এবং যন্ত্রণা তখনই সঠিক রূপে অনুভব করতে পারে যখন সে নিজে এই দুঃখ যন্ত্রণা এবং পরিস্হিতির মধ্যে কাটায়। যদি আপনার মধ্যে সমানুভূতি নামক গুণ থাকে তবে আপনি সেই পরিস্হিতি, দুঃখ-যন্ত্রণা ভোগ না করেই অপরকে সাহায্য করার জন্য ব্যাকুল হয়ে ওঠেন, তখন আত্মীয়তা এবং প্রেমের সমন্বয়ে যা করবেন তা সহানুভূতির থেকে অনেক বড়।

◆ যখন মনে কাউর প্রতি করুণার উদ্রেক হয় এবং আপনি যে ভাবে এগিয়ে গিয়ে তার দুঃখ-যন্ত্রণা দূর করার চেস্টা করেন, তখন সামনের ব্যক্তির সাথে আপনার এক আত্মিক সম্পর্ক গড়ে ওঠে এবং একেই বলে প্রকৃত প্রেম।

❑❑❑

যদি মহিষ মরে যায়

এক গ্রামে রামু এবং শ্যামু নামক দুই যুবক বাস করত। তারা দিন-মজুরের কাজ করে যেভাবে হোক দিন কাটাত। তাদের বর্তমান অবস্হার জন্য দুজনেই খুব দুঃখে ছিল এবং একটা ছোট-খাট ব্যবসা করার কথা ভাবত। এই সমস্ত কথা ভাবতে-ভাবতে রামুর মাথায় একটা বুদ্ধি খেলে, একটা মহিষ কিনলে কেমন হয়। মহিষের দুধ বিক্রী করে পয়সা উপার্জন করা যাবে, এই পয়সা দিয়ে একটা বাড়ী বানানো হবে, তারপর ধীরে-ধীরে এক এক করে মহিষও ক্রয় করা যাবে। এইভাবে তারা দুজনেই ধনী হয়ে যাবে।

রামু তার এই চিন্তা ধারার কথা শ্যামুকে জানায়। কথাটা শ্যামুরও ভালো লাগে। সে তখনই ঠিক করে ফেলে যে, তারা দুজনে মিলে মহিষ কিনবে। কথা ফাইনাল হয়ে যায়। উৎসাহিত হয়ে তারা দুজনেই বাড়ী ফিরে যায় এবং কথাটা তাদের স্ত্রীকে জানায়। রামুর স্ত্রী তার স্বামীর কথা শুনে খুবই খুশী হয় এবং আনন্দ সহকারে তার গয়না স্বামীর হাতে তলে দিয়ে বলে, "খুব ভালো বুদ্ধি খাটিয়েছো। এই নাও, আমার গয়না বিক্রী করে মহিষ কিনে নাও, উপাজুন বৃদ্ধি পেলে গয়না বানাতে সময় লাগবেনা।"

স্ত্রীর সমর্থন পেয়ে রামুর বুক গর্বে চওড়া হয়ে যায়।

অন্যদিকে শ্যামু তার স্ত্রীকে জানালে সে বলে, "দেখো একেই আমাদের কাছে কিছু নেই। শুধু-মাত্র এই দু-চারটে গয়না আছে, তা

বিক্রী করে মহিষ কিনবে বলছে, কিন্তু যদি মহিষ মরে যায়।"

এই কথাটাই শ্যামুর মনে ঘটকা লাগিয়ে দেয়, যদি মহিষ মরে যায়।

সেভাবে, তার স্ত্রী ঠিকই বলছে, যদি মহিষ মরে যায় তাহলে গয়নাও হাত ছাড়া হয়ে যাবে। না বাবা, আমার পক্ষে এত ঝুঁকি নেওয়া সম্ভব না।

পরের দিন দুই বন্ধুর দেখা হয়।

শ্যামু বলে, "রামু, যদি মহিষ মরে যায় তাহলে..."

"এসব আজে বাজে কথা কেন ভাবছিস ? মহিষ মরার কথা কেন ভাবছিস ? মহিষ মরতে যাবে কেন ?"

"না, একেবারে মরবেনা, কিন্তু যদি মরে যায়, তাহলে... ?"

রামু অত্যাধিক স্নেহাদ্র গলায় বলে, "দেখ, তোর এই 'তাহলে'-র উত্তর আমার কাছে নেই।"

শ্যামু বলে, "কিন্তু আমার কাছে আছে, তাহলে যেটুকু আছে সেটুকুও যাবে। আমরা বরবাদ হয়ে যাব।"

"কিন্তু তুই কেন ভাবছিস যে, মহিষটা মরে যাবে...একটু ইতিবাচক কথা ভাব। ভাবনা, মহিষটা দুধ দেবে, আমরা তা বিক্রী করব। যা পয়সা পাব, তা জমা করব। সামান্য কিছু দিয়ে বাড়ী বানাব, যখন একটু একটু বেশী পয়সা জমে যাবে তখন তা দিয়ে আর একটা মহিষ কিনব। এই ভাবে আমরা বড়-বড় দুধের ব্যবসাদার হয়ে যাব।"

"দেখ ভাই, ব্যবসাদার তো তখন হব, যখন মহিষ বেঁচে থাকবে।" শ্যামু তোতা পাখির মতন বলতে থাকে, "যদি মহিষ মরে যায়..."

"দেখ শ্যামু, এই রকম ভাবলে কখন কোন কাজ করতে পারবিনা। এই ধরণের কথা ভাবা ঠিক না। তুই আগেই ছবির অন্ধকার দিকটা

দেখছিস, আলোর দিকে তাকাচ্ছিসই না।"

শ্যামু আলোর দিকটা দেখতো কিভাবে, তার মাথায় তো একটাই কথা ঢুকেছিল, "যদি মহিষ মরে যায় তবে..."

যাই হোক, শ্যামু মহিষ কেনার কথা মাথা থেকে ঝেড়ে ফেলে, আর রামু নিজের বলে একটা দুগ্ধবতী মহিষ কিনে ফেলে। সে দিন-রাত মহিষটার সেবা করত এবং দুধও বিক্রী করত।

প্রথম দিকে মহিষ সামলাতে, এ গ্রাহক খুঁজতে ও দুধ বিক্রী করতে একটু সমস্যা হয় ঠিকই, কিন্তু সে নিজেই তা ভোগ করতে থাকে।

শ্যামু প্রতিদিন তার কাছে আসত, তাকে সংঘর্ষ করতে দেখতো এবং ভাবত, সে বেকার সমস্যা ঘারে নিয়েছে। আগে জীবন কত সুখের ছিল। আটটায় কাজে যেত আর সন্ধ্যা পাঁচটার পারিশ্রমিক নিয়ে বাড়ী ফিরে আসত। আর এখন চারটের সময় ঘুম থেকে ওঠা, মহিষকে খেতে দেওয়া, দুধ দোয়ানো তারপর বাড়ী-বাড়ী ঘুরে তা বিক্রী করা, কত সমস্যা। ও একেবারে বোকা। ওর ভাবা উচিত ছিল যে, যদি মহিষটা মরে যায়...

কিন্তু এই কালো মহিষের মধ্যে রামু তার উজ্জ্বল ভবিষ্যৎ দেখতে পেত।

দিন যেতে থাকে।

রামু নিজের সুখকর এবং সুন্দর ভবিষ্যৎ-এর জন্য কঠোর পরিশ্রম করতে থাকে, আস্তে-আস্তে গ্রাহকের সংখ্যাও বৃদ্ধি পায়, আর অন্যদিকে শ্যামু দুবেলা তার মহিষ মরার অপেক্ষা করতে থাকে।

যাই হোক মহিষ মরবার ছিল না এবং তা মরেও না। যেদিন রামু আর একটা মহিষ কেনে, সেদিন শ্যামু এক বড় সড় আঘাত অনুভব

করে।

ধীরে-ধীরে রামু ধনী হতে শুরু করে আর শ্যামু যে দিন মজুর সেই দিন মজুরই থেকে যায়।

রামুর অবস্হা দেখে শ্যামু তার সংকীর্ণ চিন্তা-ধারার দুস্পরিনামের কথা বুঝতে পারে, যদি। সে আজে বাজে চিন্তানা করে রামুর সাথে থাকত তবে আজ সেও রামুর মতন ধনী হতে পারত।

কিন্তু তীর হাত থেকে বেরিয়ে যাওয়ার পর আর ভেবে লাভ কি ?

বন্ধু ! এই গল্পের থেকে আমরা কি শিক্ষা পাইঃ

- নেতিবাচক চিন্তা কখনই মনে আনা উচিত না।
- কিন্তু, যদি তবে, তাহলে প্রভৃতি শব্দের জালে জরিয়ে মানুষ নিজেই নিজের সময় ও জীবন তছনছ করে দেয়।
- ইতিবাচক চিন্তার লোকই পারে জীবনে উন্নতি করতে। তাই রামু হওয়ার চেষ্টা করুন, শ্যামু নয়।

❑❑❑

সন্দেহের কোন চিকিৎসা নেই

বহুদিন আগেকার কথা।

লোকমান নামক এক হাকিম ছিল। বলা হোত, যে, পৃথিবীতে এমন কোন অসুখ নেই, যার চিকিৎসা তার কাছে নেই। এক-দিন এই হাকিমের কাছে এক মহিলা এসে বলে, "আমার স্বামী উপার্জনের বেশীর ভাগ পয়সা অন্য মহিলাদের উপর ওড়ায়, আমার ছেলেও আমার থেকে বেশী, বৌয়ের কথা শোনে। আমার ছেলের বৌ ছেলে উল্টোপাল্টা কথা বলতেই থাকে। প্রতিবেশীরাও সংসার ভাঙার জন্য বসে আছে এবং তারা প্রায়ই আমাদের নামে সমালোচনা করে। আত্মীয়দের বলতে গেলে তারা ও অন্যদের হয়েই কথা বলে এবং আমারই দোষ খুঁজে বার করে, যাতে মনে হয় সবাই আমার খারাপই চায়। আমার মনে হয়, আমার স্বামী, ছেলে, ছেলে বৌ একজোট হয়েছে। এই সমস্ত সমস্যার কথা ভেবে সবসময় আমার মাথা যন্ত্রণা করে, শরীর ক্লান্ত বোধ করে এবং বুকও ধরফর করে দয়া করে আমাকে এমন কোন ঔষধ দিয়ে দিন যাতে আমি সুস্থ হয়ে যাই।"

তার কথা শুনে হাকিম বুঝতে পারে যে, সে সন্দেহ রোগগ্রস্থ। তাই সে তাকে বলে, "তোমার অসুখের কোন চিকিৎসা আমার জানা নেই।"

মহিলাটি হয়রান হয়ে বলে, "এটা কি ভাবে সম্ভব, আমার সমস্যার কোন সমাধান আপনার জানা নেই। অথচ পৃথিবীর সব রোগের চিকিৎসা আছে আপনার কাছে। আমার তো মনে হচ্ছে

আপনিও ওদের সাথে মিলে আছেন।"

হাকিম লোকমান হেসে বলে, "বোন, এতে কোন সন্দেহ নেই যে, আমি পৃথিবীর সমস্ত রোগের চিকিৎসা করতে পারি, কিন্তু সন্দেহের কোন চিকিৎসা আমার জানা নেই। আমি তো আজ পর্যন্ত তোমার স্বামী, ছেলে বা ছেলের বৌ কাউকে দেখিই নি। আর তোমার বাড়ীর আশেপাশে কারা থাকে বা তোমার আত্মীয় কারা তা কিছুই জানিনা। অথচ তুমি আমাকে সন্দেহ করে চলেছো। সন্দেহ এমন এক মারাত্মক অসুখ, যার কোন চিকিৎসা আমার জানা নেই।"

বন্ধু! এই গল্পের থেকে আমরা কি শিক্ষা পাইঃ

- সন্দেহ প্রবন ব্যক্তিরা কখনই পরিবার, বন্ধু কাউকেই নিজের করে নিতে পারে না, তারা নিজেরাই নিজেদের সফলতার পথকে অবরুদ্ধ করে দেয়, তাদের জীবন নরক সমান হয়ে ওঠে।
- সন্দেহ সেই আগুন যা সম্পর্কের সাথে-সাথে ঘর-পরিবার জ্বালিয়েও ছাই করে দেয়।

❑❑❑

স্বপ্ন সত্যি করার স্পৃহা

তার বয়স ছিল মাত্র তেরো বছর। ফর্সা রং, রোগাটে শরীর, একদম সাধারণ ছেলেদের মতন, কিন্তু অবাক করার কথা হল, একদম সাধারণ পোশাক ধারণ করা সত্ত্বেও এই ছেলে উত্তর মেরুর রক্ত জমানো ঠাণ্ডার মধ্যে দাঁড়িয়ে বরফ নিয়ে খেলা করছিল।

চতুর্দিকে বরফ-ই বরফ। যত দূর চোখ যাচ্ছিল শুধু বরফই দেখা যাচ্ছিল, বরফের পাহাড় দেখা যাচ্ছিল। অতি সাহসী লোকরাও সেখানে যাওয়ার নামে ভয় পেয়ে যান, কিন্তু এই ছোট্ট ছেলেটা সেখানে ঘুরে বেরাচ্ছিল।

"রিচার্ড! রিচার্ড!!"

হঠাৎ করে তার কানে একটা স্বর ভেসে আসে।

সে তাড়াতাড়ি করে চোখ খুলে খাটের উপর উঠে বসে। দেখে, সামনে তার মা দাঁড়িয়ে আছে।

তারমা স্নেহের সাথে তার মাথায় হাত বুলিয়ে বলে, "আজ উঠবি না। দেখ, সকাল হয়ে গেছে।"

সে হকচকিয়ে বলে, "হ্যাঁ...হ্যাঁ মা," তারপর যেন কোথায় হারিয়ে যায়।

"তুমি ফ্রেশ হয়ে যাও, তোমার জন্য জল খাবার বানাচ্ছি।"

এই কথা বলে মা চলে যায়।

কিন্তু সে চুপ করে বসেই থাকে। তারপর চোখ বড়-বড় করে চতুর্দিকে তাকিয়ে দেখে এবং ভাবে–"কোথায় গেল এই বরফ আমি কোথায় চলে গেছিলাম ? আচ্ছা ওটাই কি উত্তর মেরু, যেখানে আজ পর্যন্ত কেউ পৌঁছাতে পারেনি, আমি কি স্বপ্নেই উত্তর মেরুতে পৌঁছে গেছিলাম ? ওটা কি সত্যিই উত্তর মেরু ছিল ? বাহ ! কি রোমাঞ্চকর। চতুর্দিকে বরফই-বরফ আইল্যাণ্ড ?

সে নিজের স্বপ্নের কথাই ভাবতে থাকে।

তারপর তার চোখে মুখে বিস্ময়কর দৃঢ়তা প্রকাশ পায়। চোখে ছিল সংকল্পের চমক। সে নিজের বিছানা ছেড়ে স্টাডি টেবিলের কাছে পৌঁছে যায় এবং ডায়রি খুলে তার পৃষ্ঠায় লেখে, "বিশ্বের মধ্যে সর্ব প্রথম আমিই পেরেছি উত্তর মেরুকে জয় করতে।"

এরপর তার মুখ আরোও বেশী দৃঢ় হয়ে যায়। চোখে-মুখে আত্মবিশ্বাস ভরে ওঠে।

আর !

সেদিন কার পর থেকে সে তার শরীরকে এমন ভাবে গরতে থাকে যাতে উত্তর মেরুর আবহাওয়া সে সহ্য করে নিতে পারে। রক্ত জমিয়ে দেওয়ার মতন ঠাণ্ডাতেও সে একদম হাল্কা বস্ত্র ধারণ করত। তার মনে ছিল একটাই বাসনা, যেভাবেই হোক উত্তর মেরুতে পৌঁছাব, যেখানে আজ পর্যন্ত কেউ পৌঁছাতে পারেনি।

সে প্রতিদিন ডায়রির এই পৃষ্ঠাটা বার করে পড়ত এবং নিজের সংকল্প পুণরায় উচ্চারণ করত, "বিশ্বের মধ্যে সর্বপ্রথম আমিই

পেরেছি উত্তর মেরুকে জয় করতে।"

ক্রমাগত তার সংকল্প দৃঢ় হয়ে উঠছিল, কিন্তু কথাতেই বলে, সংকল্পকারী ব্যক্তিদের পথে সর্বদাই বাধা উৎপন্ন হয়, যাতে তার সংকল্প ভেঙে যায়। একে প্রকৃতির পরীক্ষায়ও বলে।

তার পথেও এক ভয়ানক বাধা এসে উপস্থিত হয়। একটা দুর্ঘটনায় তার পায়ের গোড়ালির হাড় ভেঙে যায়। সে ল্যাংড়া হয়ে যায়।

অন্য কেউ হলে হয়তো সংকল্পের কথা ভুলে যেত, নিজের দুর্ভাগ্যের কথা মেনে নিয়ে, নিজেকে পঙ্গু বলে স্বীকার করে নিত, কিন্তু সে ছিল খুবই আত্মবিশ্বাসী এবং জেদি প্রকৃতির মানুষ। চলার মতন শক্তি অর্জন করার পরেই সে নিজের স্টাডি টেবিলের কাছে পৌঁছে যায় এবং ডায়রির পৃষ্ঠা খুলে পুণরায় নিজের সংকল্প পড়ে–"পৃথিবীর মধ্যে সর্বপ্রথম আমিই পেরেছি উত্তর মেরু জয় করতে।"

তার কথা শুনে তার প্রশিক্ষক অবাক হয়ে যায়।

কিছুক্ষণ সে তাকে এমন ভাবে দেখে, মনে হচ্ছিল সে কোন অবোধ যুবককে দেখছে, যে নিজেই জানেনা যে সে কি বলছে।

কিন্তু প্রশিক্ষক তার চোখে এতটাই দৃঢ় সংকল্প দেখে যে, সে তাকে প্রশিক্ষণ দিতে স্বীকার করে নেয়। তারপর, এই যুবক সমস্ত মন-প্রাণ ঢেলে বিমান চালানো শিখতে থাকে। বিমান চালানোর প্রতিটি ধাপের সাথে সে উত্তর মেরু অভিমানকে যুক্ত করতে থাকে।

ইচ্ছা থাকলে মানুষ কঠিন থেকে কঠিনতর কাজও তুরি-বাজিয়ে

করে ফেলতে পারে। পঙ্গু হওয়া সত্ত্বেও সে অতি শীঘ্রই বিমান চালাতে সফলতা লাভ করে, কিন্তু এই সময়তেও তাকে বহু দুর্ঘটনার সম্মুখিনতা করতে হয়। তা সত্ত্বেও সে তার মনোবল হারায়নি এবং সংকল্পের থেকেও একচুল সরেনি।

এবার বিমান চালানো প্রশিক্ষণ প্রায় শেষ হয়ে এসেছিল। অতি শীঘ্রই এক সফল পাইলটের প্রমাণ পত্র পেতে চলেছিল, কিন্তু ভাগ্য তখনও তার সঙ্গ ছাড়েনি।

একদিন প্রশিক্ষণের সময় এমন এক দুর্ঘটনা ঘটে যে যাতে তার মাথায় প্রচণ্ড আঘাত লাগে, সে প্রচণ্ড আহত হয়। তার সংকল্পে কোন রকম আঁচ আসেনি।

এই দুর্ঘটনার পর সংস্থান তাকে সফল পাইলটের সার্টিফিকেট দিতে অস্বীকার করে, কিন্তু তারপর তার সংকল্প আরোও দৃঢ় হয়ে যায়। সে বাধা ও সমস্যা অতিবাহিত করেঃ

"হে বাধা! হে সমস্যা! তোমরা আমার চলার পথে
যতই কাঁটা বেছাওনা কেন, আমি দৃঢ়তার সাথে
নিজের সংল্পককে অটুট রেখেছি, পৃথিবীতে
আমিই উত্তর মেরুতে সর্বপ্রথম পা রেখেছি।"

এরপর সে উত্তর মেরুতে যাওয়ার জন্য প্রস্তুত হতে শুর, করে। এর জন্য সর্বপ্রথম অর্থের প্রয়োজন ছিল। তাই সে সর্বপ্রথম অর্থ একত্রিত করতে শুরু করে।

যার মনে থাকে দৃঢ় সংকল্প এবং আত্মবিশ্বাস তার কাছে কিছুই অসম্ভব না। নিজের আত্মবিশ্বাসের দ্বারা সে অতি শীঘ্রই প্রয়োজনীয়

অর্থ একত্রিত করে ফেলে।

তারপর 1926 সালে উত্তর মেরুর উদ্দেশ্যে প্রথম রওনা দেয়। বারংবার অসফলতা, বাধা এবং দুর্ঘটনার সম্মুখীনতা করা সত্ত্বেও উত্তর মেরু জয় করেই ছাড়ে, সেই প্রথম উত্তর মেরুতে পা রাখতে সক্ষম হয়।

এই আত্মবিশ্বাসী, দৃঢ় সংকল্পচেতা, জেদি এবং নিজের স্বপ্নকে সফল করতে সক্ষম ব্যক্তির নাম হল রিচার্ড বায়র্ড।

বন্ধু! এই ঘটনার থেকে আমরা কি শিক্ষা পাইঃ

- স্বপ্ন ও লক্ষ্যের মধ্যে পার্থক্য হল, স্বপ্ন দেখা হয় এবং যদি তা সত্যি করে তুলতে হয় তবে সেটিকে লিখে রেখে নিজের লক্ষ্য বানিয়ে নিন। যে ভাবে রিচার্ড-বায়র্ড নিজের স্বপ্নকে ডায়রিতে লিখে সেটিকে নিজের লক্ষ্য বানিয়ে নিয়েছিল এবং নিজের স্বপ্নকে সে সফল করে দেখিয়েছিল। যদি আপনারাও কোন স্বপ্ন থাকে এবং আপনি সেটিকে সত্যি করে তুলতে চান, তবে তা ডায়রিতে লিখে নিজের লক্ষ্য বানিয়ে নিন এবং তা অর্জন করার জন্য সমস্ত রকম চেস্টা চালিয়ে যান। আপনার স্বপ্ন অবশ্যই সত্যি হবে।
- ব্যক্তিকে অবশ্যই উঁচু স্বপ্ন দেখা উচিত, লক্ষ্য উঁচু করার উচিত এবং নিজের স্বপ্ন, নিজের লক্ষ্যকে লিটে রেখে তা প্রতিদিন আওড়ানো উচিত।
- ব্যক্তির সংকল্প যদি দৃঢ় হয়, যদি সে আত্মবিশ্বাসে ভরপুর হয় এবং যদি সে তার লক্ষ্যকে ভালোবাসে, যদি সে যেকোন মূল্যে

তার স্বপ্নকে সার্থক করে তুলতে চায়, তবে জীবনে আগত একটা বাধা তো দূরের রাস্তা, যে কোন বাধা সে অতিক্রম করতে সফল হবে।

- যদি কোন যুবক নিজের স্বপ্নকে সার্থক করে তুলেত চায় তবে তার কাছে রিচার্ড বায়র্ডের থেকে বড় কোন উদাহরণ হতে পারে না। মনে রাখবেন, আপনার আত্মবিশ্বাস, আপনার সংকল্প শক্তিই আপনাকে জয়ীকরে তোলে। যদি এই গুণ দুর্বল হয় তবে লক্ষাধিক গুণ থাকলেও, সমস্ত ব্যর্থ হয়ে যাবে।
- মানুষ শারিরীক ভাবে পঙ্গু হয়ে গেলেও, মনের দিক থেকে কখনই পঙ্গু হতে নেই, সুস্থ এবং শক্ত সমর্থলোক যদি মনের দিকে থেকে পঙ্গু হয় তবে যে সেই ব্যক্তির থেকেও হীন প্রকৃত পঙ্গু হওয়া সত্ত্বেও আত্মবিশ্বাসে ভরপুর।

❑❑❑

অন্নের সম্মান

দুপুর বেলা হোস্টেলের সমস্ত ছাত্র খাওয়া-দাওয়ারজন্য মেসে একত্রিত হয়। আজ বেগুনের ভরতা রুটি পরিবেশন করা হয়েছিল, যা দেখে বহু ছাত্রই নাক-মুখ সিঁটকে উঠেছিল। বহু ছাত্র 'বাজে খাবার, বাজে খাবার' করে চিৎকার করে। কেউ কেউ তো একটু বেশী বেশী করে ফেলেছিল, থালায় জল ঢেলে দূরে সরিয়ে দেয়। তারা রাধুনি ও সম্পর্কিত অফিসারকে গালিগালাজ দিতে থাকে।

খাওয়ার ঘরে খুবই হাঙ্গামা চলছিল, আর এই ঘরের বাইরেই এক ব্যক্তি ছাত্রদের জুতো এদিক থেকে ওদিকে সরিয়ে-সরিয়ে রাখছিল।

চিৎকারের পরিমাণ খুব বৃদ্ধি পেলে এই ব্যক্তি ভেতরে প্রবেশ করে। সেও কখন-কখন এই ছাত্রদের সাথে খাবার খায়।

এই ব্যক্তি একটা থাকা হাতে তুলে নেয়। এই থালার খাবারের উপর জল পড়েছিল। এই ব্যক্তি থালার জল ফেলে দিয়ে বেশ মজা করে রুটি তরকারি খেতে থাকে। খেতে-খেতে এই ব্যক্তি বলে, "ধরে নিলাম যে, বেগুনের ভরতা তোমাদের ভালো লাগে না, কিন্তু রুটি কি দোষ করেছিল, থালায় জল ঢেলে খাবারটা নষ্ট কেন করেছো। এমন অনেক লোক আছে যারা রুটি তরকারি কিছু পায়না। আশেপাশের বস্তিতে গিয়ে দেখ, লোকেরা রুটি পেলেও ভগানকে ধন্যবাদ জানায়। আমি নিজে দেখেছি, তারা পিঁয়াজ আর নুন দিয়ে রুটি খাচেছ, আর ভগবান পেট ভরার মতন কিছু দিয়েছেন বলে তাঁকে ধন্যবাদ জানাচেছ। জল ঢেলে যে রুটি তরকারি নষ্ট করেছো, তা কোনো গরিবকে গিয়ে

দাও তাহলে জানতে পারবে এই রুটি তরকারির মহত্ব কতটা। কোন জিনিস নস্ট করে ফেলা খুব সহজ, যদি এই রুটিটাই পরিশ্রম করে কিনতে, তাহলে কি পারতে তা এত সহজে নস্ট করতে ?" তোমাদের মা যখন তোমাদের খেতে দেন, আর তোমাদের তা পছন্দ না হলে, এইভাবে তা নস্ট কর ?"

ছাত্ররা মাথা নিচু করে ফেলে। তাদের মুখে ছিল আত্মগ্লানি এবং লজ্জার মিলিত ছায়া।

পুণরায় এই ব্যক্তি বলে, "হে যুবক, তোমরা এই নতুন ভারতের নির্মাতা এবং ভাগ্য বিধাতা। দেশবাসী তোমার থেকে অনেক কিছু আশা করে, তাই ধ্বংসকারী নয়, নির্মাণকারী হওয়ার চেস্টা কর।" ধ্বংস নয়, সৃস্টিই হবে তোমাদের মূল লক্ষ্য।

সারা ঘরে নিস্তব্ধতা ছেয়ে গেছিল।

কোন এক ছাত্র সাহস করে নিজের থালা তুলে নেয় এবং চুপ করে বসে খেতে শুরু করে। বাকি ছাত্রদের মনেও এই কাজের জন্য খুবই অনুতাপ হয়, আর যে খাবার তারা নস্ট করেছিল তারা সেটাই খেতে থাকে। কিছুক্ষণের মধ্যেই সেখানকার দৃশ্য একবারে বদলে যায়। সকলেই চুপচাপ খেয়ে নিচ্ছিল।

দেশের জন্য, দেশবাসীর জন্য, ছাত্রদের আচরণ নিয়ে চিন্তাকারী এই ব্যক্তির নাম হল–ডঃ জাকির হুসেন। উনি ভারতের তৃতীয় রাস্ট্রপতি হয়ে দেশের গৌরব বৃদ্ধি করেছিলেন।

বন্ধু ! এই ঘটনার থেকে আমরা কি শিক্ষা পাইঃ

- ভুলেও কখনও অন্নের অপমান করা উচিত না। কথায় বলে, যে অন্নের সম্মান করে না সে এক-একটা দানার জন্য তরপায়।
- যুবা শ্রেণীই হল রাস্ট্রের প্রকৃত নির্মাতা। তাই সর্বদাই তাদের হুশ বজায় রাখতে হবে। সেই সাথে সর্বদা নির্মাণের কথা ভাবা উচিত, ধ্বংসের কথা নয়।

- প্রত্যেক ব্যক্তি, সে যুবকই হোক বা পৌঢ়, শুধু নিজের কথা ভাবলেই হবে না, বরং সম্পূর্ণ মানবতার হিতের কথা ভাবতে হবে, সেই পায়, যে দিতে জানে।
- আমাদের পাড়ায়, আমাদের সমাজে, আমাদের রাজ্যে বহু ক্ষুধার্ত মানুষ আছে, আর যদি আমরা অন্নের মতন বহু মূল্যবান বস্তু নষ্ট করি, তাহলে আমরা বিরাট দোষি।
- নিজের পেটের কথা তো পশুও ভাবে, প্রকৃত মানুষ সেইই যে প্রথমে অন্যের কথা ভাবে, পরে নিজের।
- শিক্ষার প্রকৃত অর্থ হল মনুষ্যত্ব, শিক্ষা লাভ করেও যদি আমরা দাম্ভিক, অহংকারি, ক্রোধী ও স্বার্থপর হয়ে থাকি, তবে আমরা লেখা-পড়া জানা পশুতে পরিণত হই, কোন দায়িত্ববান মানুষে নয়।
- ডঃ জাকির হুসেন সাহেবের আচরণ দেখে আমাদের এই শিক্ষাই নেওয়া উচিত যে, ব্যক্তি নিজের বিচারের বলে মহান হয়ে ওঠে।

❑❑❑

বিপদে ভয় কিসের

"না... না... না..." বালকটা জেদ করে বলল, "আমি আর কক্ষন স্কুল যাব না।"

বাবা খুব স্নেহের সাথে তার মাথায় হাত বুলিয়ে বলল, "কেন বাবা, কি হয়েছে বলছি তো? তুই কেন স্কুলেযেতে চাইছিস না? সবাই তো স্কুলে যায়। যদি স্কুলে না যাস তবে পড়াশোনা করে কি ভাবে বড় মানুষ হয়ে উঠবি?"

"তুমি যাই বল, আমি কিছুতেই স্কুলে যাব না।"

বাবা বেশ কিছুক্ষণ ধরে তার মুখ দেখতে থাকে, তারপর তার মনে প্রশ্ন ওঠে, কি কারণে ও স্কুলে যেতে চাইছেন না? নিশ্চই ওখানে এমন কিছু হয়েছে যার জন্য ওর মনে চরম আঘাত লেগেছে। প্রকৃত সত্য জানার জন্য বাবা তার ছেলেকে প্রশ্ন করে, "আচছা, এবার স্কুলেনা যাওয়ার কারণটা বলে দাও। এমনকি ঘটল যে, তুই স্কুল যাওয়ার নামেই এমন রেগে যাচিছস?"

"ওখানে কিছু ছেলে আমাকে নিয়ে উপহাস করে। আমার পড়াশোনাতে বাধা দেয়ার চেষ্টাকরে। কখন বই লুকিয়ে রাখে তো কখনও পেন-খাতা। আমার আর ভালো লাগছেনা।" ছেলেটা দৃঢ়তার সাথে বলে, "তাই আমি আর স্কুলে যাব না।"

"বাবা, এমন দুস্টু বাচ্চাতো সব জায়গাতেই থাকে। তুই এই স্কুলে নতুন ঢুকেছিস, তাই ওরা এমন করছে। খুব তাড়াতাড়ি ওরা তোর

বন্ধু হয়ে যাবে, তখন তার এমন করবে না।" বাবা খুব স্নেহের সাথেই ছেলেকে বোঝায়।

কিন্তু ছেলেটা যেন কিছুই শুনবেনা বলে ঠিক করে ফেলেছিল।

"তুমি যাই বল, আমি স্কুলে যাব না।" এই কথা বলে ছেলেটা বই গুলিকে একদিকে রেখে দেয়।

কিছুদিন কেটে যায়। ছেলেটা সত্যিই স্কুলে যাওয়া বন্ধ করে দেয়।

ফলে তার বাবা চিন্তায় পড়ে যায়। সে তার ছেলের অন্ধকারাচ্ছন্ন ভবিষ্যৎ-এর কথা ভেবে খুবই সমস্যায় পড়ে যায়। কি করা যায়? কিভাবে ওকে বোঝাবে, উনি সে কিছুই বুঝে উঠতে পাচ্ছিল না।

একদিন তার এক বন্ধু তার সাথে দেখা করতে এসে, তাকে তার চিন্তার কারণ জিজ্ঞাসা করে। সে তার সমস্যার কথা বলে যে, ছেলে কিছুতেই স্কুলে যেতে চাইছে না।

বন্ধু বলে, "চিন্তা কর না সব ঠিক হয়ে যাবে।"

তার সে ছেলেটিকে ডাকে এবং খুবই স্নেহের সাথে তাকে স্কুলে না যাওয়ার কারণ জিজ্ঞ্সা করে, "ছেলেটা তার সমস্যার কথা জানায়।"

কথা বলতে বলতে এই ভদ্রলোক ছেলেটাকে নিয়ে বাইরের দিকে আসে, যেখানে বাড়ি-ঘর বাদ দিয়েও কিছু কৃষি যোগ্য জমি ছিল। ক্ষেতের আলের ধারে একটা নালা বানানো ছিল, যার মাধ্যমে টিউবলের জল ক্ষেতে চলে যাচ্ছিল। এই ভদ্রলোক তাকে এই নলের কাছে নিয়ে আসে এবংতার হাতে একটা পাথর তুলে দিয়ে বলে, "নাও এই পাথর এই নালায় ফেল।"

ছেলেটা খুবই উৎসাহের সাথে জিজ্ঞাসা করে, "এতে কি হবে আঙ্কেল?"

"খুব মজা হবে। জল যাওয়ার পথ বন্ধ হয়ে যাবে, আর জল

যেতে পারবেনা ?”

এই সংকীর্ণ নালাটাতে ছেলেটা পাথরটা ফেলে দেয়। কিছুক্ষণের মধ্যেই সত্যিই জল প্রবহ বন্ধ হয়ে যায়, কিন্তু জল তার নিজের গতির দ্বারা এই পাথর একদিকে সরিয়ে পুণরায় নিজের গতিতে চলতে থাকে।

“জল তো আবার যেতে শুরু করল আংকেল। আপনি বোধ হয় জানেন না, জলের শক্তি অসীম। তা নিজের সাথে সবকিছু ভাসিয়ে নিয়ে যেতে পারে। একবার আমি রেডিওতে বন্যার কথা শুনেছিলাম। বন্যা দেখা দিলে বড়-বড় পাথরও পারেনা তার গতিবেগকে অবরুদ্ধ করতে, আর এই রকম ছোট-খাট পাথর তো কোন ব্যাপারই না।”

“হ্যাঁ বাবা, জলই আমাদের শিক্ষা দেয় যে, ছোটখাট বাধা বা বিপদ আসলে কখনই ভয় পাওয়া উচিত না। জলের কাজই হল বয়ে যাওয়া। এটা জানে যে, বাধার জন্য তার গতি অবরূদ্ধ হচেছ যদি তা সে সরাতে না পারে তবে তার পথ চলা বন্ধ হয়ে যাবে। জলের গতি বন্ধ হয়ে গেলে, তা পচতে শুরু করে। তাই সে নিজের পথের সমস্ত বাধাকে সরিয়ে ফেলে নিরন্তর বয়ে যায় এবং যতক্ষণ না সমুদ্রে সাথে মেশে ততক্ষণ সে চলতে থাকে। একই ভাবে যদি তুমিও বাধার ভয় পেয়ে স্কুল যাওয়া বন্ধ করে দাও তাহলে ভেবে দেখেছো জীবনে তুমি কি পাবে ? আবদ্ধ জলের মতন তুমিও পচে যাবে আর পচা জল তো জীব-জন্তুরা পর্যন্ত পছন্দ করে না। তাই বলছি যারা, ক্রমাগত জলের মতন বইতে থাকো। রাস্তায় আগত বাধার সাথে মোকাবিলা কর। নিজের ব্যবহারের দ্বারা, নিজের দৃঢ়তার দ্বারা জয়ী হতে শেখ। স্কুলে না গেলে, তুমি অশিক্ষিত হয়ে যাবে, আর তোমার বাবা চায়, তুমি লেখা-পড়া করে একটা বড় মানুষ হয়ে ওঠ। কিছু দুস্টু ছেলের

জন্য তুমি তোমার বাবার স্বপ্ন পূরণ করবে না ? স্কুলের কয়েকটা দুস্টু বাচ্চার জন্য তুমি তোমার ভবিষ্যৎ নস্ট করে ফেলবে ?"

খুব কম সময়ের মধ্যেই ছেলেটা সবই বুঝতে পারে। সে বুঝতে পারে যে, যদি কয়েকটা দুস্টু বাচ্চার জন্য সে স্কুলে যাওয়া বন্ধ করে দেয় তবে তার জীবনও বদ্ধ জলের মতন পঁচে যাবে। তার বাবা তাকে মস্ত বড় মানুষ হিসাবে দেখতে চায়, তার সে স্বপ্ন অসম্পূর্ণ থেকে যাবে।

"না... না... আমার বাবা আমাকে খুব ভালো বাসেন। আমি অবশ্যই তাঁর ইচছা পূরণ করব, তাতে রাস্তায় যত বাধাই আসুক না কেন। যারা আমাকে বিব্রত করে আমি তাদের বন্ধু করে নেব আর তাদের দুস্টুমির হাত থেকে নিজেকে বাঁচাব, কিন্তু স্কুলে যাওয়া ছারব না," ছেলেটা মনে-মনে সংকল্প করে বলে, "আপনি ঠিকই বলছেন আংকেল। আমি অবশ্যই বাবার ইচছা পূরণ করব, তাতে পথে যত বাধাই আসুক না কেন, আমি কাল থেকেই স্কুলে যাব।"

বাবার বন্ধু হাসে, তারপর তারা বাড়ী ফিরে আসে এবং সে তার বন্ধুকে বলে, "নাও তোমার সমস্যার সমাধান হয়ে গেছে। আমাদের ছেলে কাল থেকেই স্কুলে যাবে, আর কখনই স্কুলে যাওয়া বন্ধ করবে না, কি তাই তো বাবা ?"

"হ্যাঁ বাবা, আমি এবার থেকে যাব এবং বড় হয়ে অবশ্যই তোমার ইচছা পূরণ করব। আর কখনও কোন বাধা আমাকে আটকাতে পারবে না।"

ছেলের কথা শুনে বাবা খুশীতে নেচে ওঠে। আনন্দে তার চোখে জল এসে যায় এবং সে ছেলেকে জরিয়ে ধরে।

আর তারপর থেকে সত্যিই ছেলেটা কখনও পিছন ঘুরে দেখে নি।

এইভাবে পথের সমস্ত বাধা সরিয়ে এই ছেলে দেশের রাষ্ট্রপতির আসনে পর্যন্ত পৌঁছে যায়।

এই দেশ হল ইন্দোনেশিয়া আর সেই ছেলে হল সুত্তর্নো।

ইন্দোনেশিয়াকে স্বাধীন করার ব্যাপারে তিনি খুবই গুরুত্বপূর্ণ ভূমিকা পালন করেছিলেন। জীবনে জলের গতিতে বয়ে যাওয়া এবং পথের সমস্ত বাধাকে ঠেলে সরিয়ে দেওয়ার যে সূত্র তিনি জেনেছিলেন, সারা জীবন তাই তাঁকে এগিয়ে নিয়ে যাওয়ার প্রেরণা দেয়।

বন্ধু! এই ঘটনার থেকে আমরা কি শিক্ষা পাইঃ

- বাধায় ভয় পাওয়ার পরিবর্তে দৃঢ়তার সাথে তার মোকাবিলা করা উচিত, কারণ সাহস মানুষকে জেতায় আর বাধা মানুষকে হারায়।
- জীবনে আগত বাধা আমাদের সংঘর্ষ করতে, লড়াইকরতে, এগিয়ে যেতে সাহায্য করে।
- নিজেকে সর্বদা জলের মতন মনে করবেন। জলের ধর্ম হল প্রবাহিত হওয়া। স্রোত যুক্ত জল সর্বদা সতেজ থাকে আরএই জলে আবদ্ধ হয়ে গেলে তা পঁচে যায়। তাই বাধার ভয়ে দাঁড়িয়ে পরবেন না, এবং প্রবাহিত হোন, এগিয়ে যান।

❑❑❑

আমন্ত্রণ

আপনারাও যদি নিজেদের ব্যক্তিত্ব বিকাশ করতে চান আর ব্যক্তিগত রূপে লেখক, মানব প্রশিক্ষক এবং প্রেরক শ্রী সূর্য্য সিন্‌হার **'পার্সোনালিটি ডেভেলপমেন্ট প্রোগ্রাম'** এ্যাটেণ্ড করতে চান... তাহলে আপনারা এই রেজিস্ট্রেশন ফর্ম পূরণ করে আপনাদের কাছে পাঠান। আমরা আপনাদের নিজেদের **'পার্সোনালিটি ডেভেলপমেন্ট প্রোগ্রাম'**-তে শামিল হওয়ার জন্য আপনাদের কাছের শহরে আমন্ত্রিত করতে পারি।

রেজিস্ট্রেশন ফর্ম

আবেদকের নাম ঃ ....

পিতা / পতির নাম ঃ ....

মাতার নাম ঃ ....

বয়স ঃ .... বছর ....

লিঙ্গ ঃ পুরুষ ( ) মহিলা ( )

শিক্ষাগত যোগ্যতা ঃ ....

আবেদকের পেশা ঃ ....

বাড়ীর ঠিকানা ঃ ....

....

....

ফোন নং ঃ ....

মোবাইল নং ঃ ....

অফিসের ঠিকানা ঃ ....

ফোন নং ....

স্থান ঃ ....

তারিখ ঃ .... আবেদকের হস্তাক্ষর

"উইনার্স ট্র্যাক"-য়ের নিবেদন

লেখক, মানব প্রশিক্ষক এবং প্রেরক **সূর্য্য সিন্‌হা**-র এক দিবসীয়, দুই দিবসীয়, তিন দিবসীয়, পাঁচ দিবসীয় এবং সাত দিবসীয় ওয়ার্কশপ আর সেমিনার... যেগুলোয় শামিল হয়ে আপনারা নিজেদের ব্যক্তিত্বে এক নতুন চমক প্রাপ্ত করতে পারবেন – যেটা আপনাদের করে তুলবে এক সফল, সুব্যবস্থিত এবং দায়িত্বশীল ব্যক্তিত্বের মালিক।

এই সব ওয়ার্কশপ এবং সেমিনার নিম্নলিখিত বিষয়গুলোর ওপরে আয়োজিত করা হয় ঃ

সফলতা প্রাপ্তি	**(Gain Success)**
ব্যক্তিত্ব বিকাশ	**(Personality Development)**
ভাষণ এবং প্রস্তুতিকারণ কলা	**(Public Speaking & Presentation Skill)**
সম্প্রেষণ কলা	**(Communication Skill)**
ধ্যান সাধনা এবং মানসিক চাপ মুক্তি	**(Meditation & Art of Relaxation)**
ব্যবহার কুশলতা	**(Relationship Mastery)**
স্মৃতি বিকাশ	**(Memory Development)**
অধ্যয়ণ টেক্‌নিক	**(Study Teachnology)**
শিক্ষণ টেক্‌নিক	**(Teaching Technology)**
সময় ব্যবস্হাপনা	**(Time Management)**
লক্ষ্য নির্ধারণ	**(Goal Setting)**
লীডারশিপ	**(Leadership)**
ব্যবসায় বিকাশ	**(Business Development)**
সেল্স প্রোমোশন	**(Sales Promotion)**
ডি. টি. ডব্লিউ.	**(Distributors Training Workshop)**

বুকিং-য়ের জন্য অর্ডার ফর্ম

নাম ঃ ....

ঠিকানা ঃ ....

ফোন ঃ .... মোবাইল ঃ ....

ই-মেল ঃ ....

ওয়ার্কশপ / সেমিনার ☐ সাত দিবসীয় ☐ পাঁচ দিবসীয়

☐ তিন দিবসীয় ☐ দুই দিবসীয় ☐ এক দিবসীয়

(যে ওয়ার্কশপ / সেমিনার বেছে নেবেন, সেই বক্সে ✓ চিহ্ন লাগান)

দয়া করে দৃষ্টি দিন

✓ সকল ওয়ার্কশপ / সেমিনারের প্রোফেশনাল ফীস্ আলাদা।

✓ একাধিক সেমিনার / ওয়ার্কশপের ক্ষেত্রে প্যাকেজ ডিস্কাউন্ট পাওয়া যাবে।

✓ বিমান ভাড়া আর লজিং-ফুডিং চার্জ অতিরিক্ত লাগবে।

✓ বেছে নেওয়া ওয়ার্কশপ / সেমিনার বুকিং করার জন্য ফীসের 50 শতাংশ ব্যাংক ড্রাফ্ট বা চেকের মাধ্যমে অগ্রিম দেওয়াটা আবশ্যক।

আপনাদের শহরে সূর্য্য সিন্হার পুস্তক আর ক্যাসেটস্ পেতে অসুবিধা হলে অথবা ওয়ার্কশপ / সেমিনারের ফীস্ এবং বুকিং-য়ের জন্য আমাদের ই-মেল করুন বা ফোনের মাধ্যমে যোগাযোগ করুন ঃ-

E-mail :

winnerztrack@gmail.com

Website : www.suryasinha.com

www.winnerztrack.com

ফোন ঃ 09313632981, 09350527204

Bangla Books by Surya Sinha